JN077095

マドンナメイト文庫

【熟義母×若叔母】僕のリゾートハーレム

あすなゆう

目次

contents

【熟義母×若叔母】僕のリゾートハーレム

プロローグ

トランクのキャスター音を軽快に響かせて、須賀沢瑛斗《すがさわえいと》は空港ロビーから外へ出た。

「やっと、着いた！」

南国の強烈な日差しに、蒸すような暑さ。十月初旬の『南ぬ島《ぱい》石垣《いしがき》空港』は、まだ夏の盛《さか》りがつづいていた。

空港周りに植えられたヤシの木に、抜けるように晴れた青い空、そうして目の前に広がる島の鮮《あざ》やかな緑に、瑛斗は石垣島へ来たことを実感していた。

飛行機に乗ることも、南の島へ訪れることも、十七歳の瑛斗にとっては何もかもが初めてだ。

瑛斗は長袖の腕をまくって、額から噴《ふ》きだす汗を手で拭《ぬぐ》った。

「待ちなさいよ、瑛斗！」

振り返ると、ショートヘアの女性がトランクを引っ張りながら、小走りに近づいてきていた。

二十四歳の叔母、霧島澪《きりしまみお》だ。

つり目の勝ち気そうな雰囲気を漂《ただよ》わせた美女で、瑛斗にとって姉のような存在だ。

ただ、同時に小さな頃から手下のように扱《あつか》われていた。

澪が社会人になった今でも、その関係は変わらない。むしろ、澪の営業仕事で培《つちか》った積極性が、彼女の強引さに拍車《はくしゃ》をかけているように思えた。

「先に行って、迷子になったらどうするのよ！」

「もう、子供じゃないし……大丈夫だって」

「あたしから見れば、瑛斗はまだまだ子供なのよ」

澪は挑発的な視線を投げかけながら、ニッと笑って見せた。かすかに覗《のぞ》く八重歯《やえ》の白さが眩《まぶ》しくて、瑛斗はドキリとした。

出発時に着ていたジャケットを脱いで、澪はすっかり夏のスタイルだ。

ノースリーブの薄手のブラウスからは、艶《なま》めかしい丸みを描いた肩先が覗き、そこからしなやかな二の腕が伸びていた。

かすかに開いた胸元からは、盛りあがった双乳の深い峡谷《きようこく》が挑発的に覗いた。

履いているズボンはスキニージーンズで、突きだしたお尻から、すらりと長く均整《きんせい》の取れた美脚まで、その下肢の艶めかしいラインを余すところなく強調していた。

――澪ねえ、本当にモデルみたいな体型してる。歩くときの足捌《さば》きも綺麗で、ずっと見ていたくなっちゃうよ……。

黙ったまま、澪をちらちら見ていると、彼女に睨《にら》み返された。

「ジロジロ見すぎよ」

「あ、ご、ごめん……」

瑛斗は真っ赤になって脇を向いた。

「どうせ胸でも見てたんでしょ。エロいマセガキになっちゃったわよねえ……」

言い返すこともできず、瑛斗は押し黙ってしまう。

そこに、がらがらと別のトランクの音が近づいてきた。

「はぁはぁッ、二人とも、待って……やっと追いついたわよ」

息を弾《はず》ませながら走り寄ってきたのは、瑛斗の義母、須賀沢千歳《ちとせ》だ。

瑛斗の父が千歳と再婚したのは、瑛斗が十歳のときだ。小さな頃に母を亡くしていた瑛斗にとって、千歳は実母同然の存在だった。

その父も三年前に亡くなって、千歳と瑛斗は二人きりで暮らしていた。

「もう、瑛斗さん。急に走っていっちゃうんだもの」

「つい、はしゃいじゃって。久しぶりの旅行だったし」

「そうよね。家族で泊まりがけの旅行なんて、お父さんが亡くなって以来よねえ……」


千歳は昔を懐《なつ》かしむように、少し遠い目をした。

三十三歳の千歳は、瑛斗の目から見ても女性として魅力的だ。

少しだけ明るい色に染まったロングヘアはふんわりと広がって、ふっくらした面立《おもだ》ちや、柔《やわ》らかな眼差《まなざ》しとあいまって、千歳の柔和《にゅうわ》な印象を形作っていた。

涼《すず》やかなブルーのワンピースは、ロング丈で家庭的な雰囲気のものだったが、千歳の溢《あふ》れる艶っぽさを押し隠せないでいた。

圧倒されそうなほどの爆乳は胸元の生地を裂けんばかりに押しあげていて、千歳が身体を揺するたびに、量感の豊かさを強く感じさせた。

そうして臀部も優美な膨らみを描いていて、薄布一枚向こうのむっちり押し詰《つ》まったヒップをまざまざと想起《そうき》させた。

──本当にエッチな身体だよね、千歳さん。学校の先生やクラスの女子より、断然色っぽいし……。

千歳の全身からは、噎《む》せかえるような色気が匂いたっていたが、当の彼女はそのことに無自覚だ。

自宅で無防備な姿を晒《さら》すこともあり、千歳を女として意識しはじめた瑛斗にとって密《ひそ》かな悩みになっていた。

父が亡くなったことをきっかけに、女盛《ざか》りの彼女をますます一人の女性として意識してしまうのだった。

ただ千歳の態度は、十歳の頃から変わらず母親のそれだ。千歳へ思いを寄せる瑛斗にとって、彼女からの子供扱いは、少し不満でもあった。

「はい、捕まえたわよ。瑛斗さん。もう勝手にどこかへ行っちゃダメよ」

「え、あ……うん……」

華奢《きゃしゃ》な千歳の腕が絡《から》んできたかと思うと、彼女のほうへぎゅっと抱き寄せられた。ローズ系の華《はな》やかな香りが一瞬して、そこから、いつものミルクみたいな甘い匂いが漂ってきた。同時に柔らかな乳房が身体に押し当てられた。

子供の頃から変わらない、すべてを包みこむような癒やしに、その身を委《ゆだ》ねたくなってしまう。

澪ねえがそばにいなかったら、このままでもいいんだけど……。

蒸しパンのようなふんわりした感触に身体を絡めとられて、その温もりに耽溺《たんでき》しそうになってしまう。

「こ、こんなところで、ダメだよ……」

瑛斗は身を捩《ねじ》らせて、千歳の甘いハグから逃れた。

「あら……私は構《かま》わないわよ……」

「だってさ。たっぷり甘えたら？」

脇から、澪が軽く揶揄《やゆ》してきた。

「もう、澪ねえ。からかわないで。ボクが恥ずかしいんだって！」

「お姉ちゃんが恥ずかしいなら、ほら、あたしがいっぱい甘えさせてあげてもいいんだからね」

冗談めかして、澪は脇から抱きついてきた。

彼女は柑橘《かんきつ》系の香りを好んでつけているらしく、爽やかなフルーツの香りが鼻腔《びくう》を甘くくすぐり、そこにかすかな汗の甘酸っぱさが混じっていた。

若叔母のフェティッシュな芳香《ほうこう》に、心音がトクンと鳴った。

「いや、澪ねえに頼んでないし……んんッ……」

若叔母の手から逃れようと瑛斗はもがいたが、彼女はすかさず彼の頭にヘッドロックをしかけてきた。

「簡単に逃げられると思ったら、大間違いよ！」

頭が軽く澪の腕にホールドされて、彼女のマシュマロのようにふわふわした胸乳をぐいぐいと顔へ押しつけられた。

「や、やめてよ……もう……」

じたばたと暴れるほど頬に乳塊がぎゅむぎゅむと押しつけられ、澪のたわわな膨みの感触をどうしても意識してしまう。

──千歳さんほどじゃないけど、澪ねえの胸も大きいよね……。

汗で濡れた双乳からは、むんとしたメスの香りが漂い、瑛斗は気づかれないようにそれを嗅《か》いだ。

──澪ねえの汗の匂い、なんだかすごくエッチだ。

胸乳の極上のクッションと、甘く官能的な匂いに、瑛斗は強く興奮する。

千歳だけでなく、澪にまで簡単に反応してしまう自分が少し情けなく思えたが、これればかりはどうしようもない。

「……あ」

気づいたときには、瑛斗の下腹部はすっかり充血しきっていた。

「ちょ、ちょっと、澪ねえ。本当にやめてよ！」

「何よ、マジな声出して、そんな痛くないはず……」

そこで澪は何かに気づいて、言葉を止めた。同時に、ヘッドロックは緩《ゆる》んで、瑛斗は慌てて彼女の腕から抜けだした。

「……瑛斗。それ、もしかして……」

小声で話しかけてきた澪の目線は、膨らんだ股間に注《そそ》がれていた。

「え、あッ……澪ねえ、やっぱりわかっちゃった？」

「……当たり前よ」

「そ、その……千歳さんには、言わないでよ」

「……いいけど。その代わり、貸し一つね」

澪が意地悪げに口元をほころばせると、例の愛らしい八重歯がちらりと見えた。こうやって瑛斗は、澪に数えきれない借りを作ってきたのだった。

「ほら、二人とも、遊んでないで宿に行きましょう。タクシー乗り場はあっちね」

千歳に促《うなが》されて、瑛斗と澪もタクシー乗り場へ向かった。

そこにはすでに複数の人が並び、飛行機の到着にあわせて待っていたタクシーへ順に乗りこんでいた。

瑛斗たちは、その列の最後尾に並んだ。

今回の石垣島旅行は、瑛斗の大学合格祝いで、千歳が企画したものだ。

高校三年の夏から秋にかけて一般入試よりも早く行われる、総合型選抜の試験で志望大学に合格し、今回の石垣島旅行となった。

もっとも、旅行自体は夏前から計画されていて、瑛斗の合否次第で、中止になる可能性もあった。

――でも、合格できてよかった。面接に小論文、グループディスカッションまであって。やることも多くて、大変だったけど……。

旅行先は、昔ダイビングをやっていた千歳の希望で石垣島になった。

ガイドブックで見せてもらった海の青の美しさは、しばらく目が離せないほどだ。

ただ、地理に疎《うと》い瑛斗は場所がよくわかっておらず、地図上で小笠原諸島のあたりを指さして、千歳に笑われたりした。

「石垣島は、ここね」

そう言って、千歳が指さしたのは九州や沖縄本島よりもさらに西の果て。台湾にほど近い場所にある八重山《やえやま》諸島の一角だった。

「すっごい遠くにあるね。どうやって行くの？」

「今は直行便があるから、飛行機ですぐよ」

「飛行機かあ、乗るの初めてだし、ちょっと楽しみだな」

このときは、千歳と二人だけで旅行に行く話だったはずだ。

義母と二人きりの旅行は、幾分の戸惑《とまど》いや照れはありながらも、瑛斗にとって楽しみなものだった。

だからこそ、受験にも力が入り、見事志望校に合格した。

けれど、実際には二人きりではなく、叔母の澪もいっしょだという。

――よりによって、澪ねえがついてくるなんて。

千歳と澪は昔から仲のいい姉妹で、その縁もあって、瑛斗も澪から弟のように可愛がられていた。

旅行に澪が来ても不自然さはまったくない。ただ、義母と二人きりの旅行を期待していただけに、瑛斗の落胆は大きかった。

タクシー乗り場に並ぶ間も、瑛斗はつい恨《うら》めしい目で、澪を見てしまう。

「何よ、変な目で見て。もしかしてお邪魔虫が来たとか思ってるの？」

「え、そ、そんなことないよ……」

いきなり図星を指《さ》されて、瑛斗は口ごもってしまう。

「まあ、お姉ちゃん、美人だし。二人きりで来たかったたって気持ちもわかるけど、あたしだって石垣島に来たかったんだもん。なんか二人だけで行かせるのも悔しいしね」

澪は、いつもの意地悪そうな笑みを浮かべた。

「それにあたしが来たこと、後悔させないわよ。瑛斗が気に入りそうな、えっちい水着もちゃんと準備してきたし」

「え、えっちい水着……」

「そうよ。お姉ちゃんもいっしょに買いに行ったから、楽しみにしてなさい」

自分の話を出されて、脇にいた千歳が赤面した。

「ちょっと、澪。恥ずかしいから、やめなさい……」

「お姉ちゃんも試着のとき、ノリノリだったじゃない」

「だって……あのときは、テンションが上がっちゃってて……え、瑛斗さんに見せることになるなんて、考えもしてなかったから……」

羞恥のためか次第に千歳の声が小さく、消え入りそうになる。千歳は俯《うつむ》いたまま瑛斗から視線を逸《そ》らした。

――胸もお尻も人一倍大きな千歳さんの水着姿って、どんな感じかな？　むちぷりすぎて、水着に全部収まらなかったりして……ごく……。

紅色に染まった千歳の横顔をじっと見ながら、瑛斗は義母の艶めかしい水着姿を勝手に想像した。

「瑛斗さんも、あんまり注目しないでよ。母親の水着姿なんて、うれしくもないでしょう……」

恥じらう千歳を前に、ぜひ見たい、とは言いだしにくくて、瑛斗はそのまま沈黙した。

義母の女盛りの熟れた魅力に、瑛斗は完全に虜《とりこ》になっていて、自分でもその自覚はあった。ただ、一線を越える勇気はなく、悶々《もんもん》と思いだけが募《つの》っていた。

やがて、瑛斗たちの番が来て、三人はタクシーに乗った。

空港から宿へ向かう大きな道路には、優美なヤエヤマヤシの並木がつづき、その向こうに青々としたサトウキビ畑が広がっていた。

瑛斗は初めて見る南国の景色に目を奪われながら、旅への期待に胸を膨らませるのだった。

第一章　常夏ビーチでドキドキ射精

ホテルはヴィラタイプで、独立した一棟を貸切にしてみんなで寝泊まりする。広い敷地に、同様の建物が点在していた。

そこから、石垣の真っ青な海が一望できた。

ヴィラの入り口には、ハイビスカスが植えられていた。鮮やかな葉の緑を背景に、深紅《しんく》の花をいくつも咲かせて、その周りを蜜を求めたオオゴマダラが優雅に飛び交《か》っていた。

庭にはデイゴの木も植えられていて、花の時期になれば、あでやかな赤い花を咲かせ、それは見事なものらしい。

建物は、琉球赤瓦をイメージした赤みがかった屋根に、真っ白な壁材で仕上げられていた。

その内部は広々として、三人でも手に余るぐらいだ。リビングに、ベッドルームが二つ、脱衣場から浴室、ダイニングまであった。

「広いし、綺麗ねえ」

千歳は、内部の豪華な作りにいちいち感心しながら見て回った。

「こっち来てみて。庭にプールがあるよ！」

瑛斗に呼ばれて、千歳はリビングに戻った。

中庭に通じるサッシ戸が開かれていて、そこはタイル張りのテラスになっていた。瑛斗は、そこからひとつづきになったプールサイドに立って、元気に手を振っていた。

——瑛斗さん、すっかりはしゃいじゃって。

千歳は目を細めて、瑛斗の様子を見ていた。

——でも、よかった。今回の旅行、喜んでもらえたみたいで。

受験が終わった今ぐらいは、瑛斗にリラックスしていてほしかった。

テラスにはビーチベッドが幾《いく》つか置かれていて、澪はそこに寝そべって、目の前に広がる珊瑚礁《さんごしよう》の海を眺《なが》めているみたいだ。

「澪も、すっかりリゾート気分ね」

「うん。非日常感がすっごいよね。来てよかった」

そうして澪は立ったままの千歳に気づき、空いた隣のビーチベッドを手で示した。

「ほら、お姉ちゃんも、ここ座りなって」

「そうね」

千歳もビーツベッドに腰かけて、白からコバルトブルー、そして濃紺に沖へ向かって少しずつ色を変化させる、石垣の海に目をやった。

「本当に来て正解ね。こんな雰囲気のいい場所に、お姉ちゃんと瑛斗だけで来たら、何か間違いがあってもおかしくないわよねえ……」

「そうだけど……でも、私は瑛斗さんの母親なんですからね……」

プールサイドで遊んでいる義理の息子を見ながら、自分に言い聞かせるように呟《つぶや》いた。

元々、千歳は瑛斗と二人きりでの旅行を計画していた。

そのことを澪に話すと、すごい勢いで反対された。義母と息子とはいえ、血の繋《つな》がっていない二人が旅行にいけば、何かあってもおかしくない。それが澪の言い分だった。

そう言われてしまうと、千歳は言い返す言葉もなかった。

——そこまでは思ってなかったけど、二人きりでハネムーン気分も素敵、なんて思ってたのは事実なのよねえ。

結局、話の流れで、澪も今回の石垣島旅行についてくることになった。

普段の暮らしでも、日々逞《たくま》しくなる瑛斗に男を感じていないといえば、嘘になる。

夫が亡くなって三年ほど、誰か恋人がいるわけでもなく、女盛りの身体は狂おしいほど渇《かわ》いていた。

だからと言って、瑛斗に欲情していい理由にはならない。

そんな思いの千歳だったが、空港で久しぶりに瑛斗を抱き締めたとき、自分の気持ちが揺らぐのを感じていた。

がっちりとした瑛斗の身体は千歳に男を強く感じさせ、燻《くすぶ》っていた気持ちに火がつきそうになった。

——瑛斗さん。もう子供じゃなくなっちゃったのねえ。

彼を両腕で抱いた感触を思いだして、千歳は寂しさと、それ以上の気持ちの高揚《こうよう》を覚えてしまう。

二人きりでいたら、何か間違いを犯してしまう。澪の指摘もあながち間違いではない気がしてきた。

——私と瑛斗さんが、まさか……。

胸中にふっと湧《わ》いた疑念を、千歳は笑って打ち消すのだった。

＊

部屋で少し休んでから、瑛斗たちはヴィラの近くにあるビーチへ泳ぎに行くことにした。

まだ午後になったばかりで、日差しはかなり強かった。

瑛斗は先にビーチへ出ると、パラソルを立てシートを広げて、千歳たちを待った。

そこへ支度を済ませた、千歳と澪がやってきた。

「お待たせ、瑛斗さん。準備してくれて、ありがとう」

「へえ、案外、ちゃんとできてるじゃない」

二人は艶めかしい水着姿で、瑛斗は言葉を忘れて、その見事なプロポーションに見入ってしまう。

千歳は、白地にブルーの花柄の落ち着いたパレオスタイルだ。長めの腰布で覆《おお》われた下半身とは対照的に、大胆に肌を見せたビキニブラが目を惹《ひ》いた。

ブラは千歳のたわわに実った乳果を包みきれず、胸の双塊が零《こぼ》れださんばかりだ。

その量感の豊かさを感じさせるように、ブラの端が乳肉に食いこんでいた。

腰布は包みこんだヒップの艶めかしい膨らみを思わせる、優しい丸みを描いて下肢へとつづき、パレオのスリットからは、むっちりとした生太腿が悩ましげに覗いた。

生々しい淫気をかすかに匂わせながらも、それ以上に落ち着いた大人のしっとりとした幽艶さを全身に漂わせていた。

――す、すごいや、千歳さん。普段から色っぽくて素敵だとは思ってたけど。水着でこんなに変わっちゃうんだ……。

普段いっしょに暮らしている義母だとわかっていても、思わず見惚《みと》れてしまうほどの色っぽさだ。

千歳の水着姿は、熟れた女盛りの肢体を強烈に魅せていて、瑛斗の視線は釘付けになってしまう。

「……瑛斗さん、私の水着。へ、変だったかしら？」

千歳は、不安げな目を瑛斗に向けてきた。

「え、どうして？」

「だって、じ～っと見てるから……その、せっかくの旅行だし、少し冒険してみたの。だから、そんなに見られると、不安になってくるわ……」

「それなら、大丈夫。千歳さん、すっごく綺麗だよ！」

「んふふ、そう。ありがとう」

千歳は安心したらしく、ほっとした顔を見せた。

「ねえ、瑛斗。あたしのほうはどう？」

瑛斗が千歳のほうばかり見ているのが不満なのか、澪は千歳の前に出ると、自分の水着をアピールしてきた。

「せっかくの新しい水着なんだから、何か感想言ってよ！」

澪は、真っ白なハイレグワンピースの水着だ。ビーチの強い日差しを受けて、純白の水着生地が眩しい輝きを放《はな》っていた。

首元まで上品に包みこんだハイネックタイプで、美しく盛りあがった胸乳を強調するかのように胸元が菱形《ひしがた》に抜かれて、深い谷間が覗いていた。

「ほら、胸のところなんて、けっこうセクシーでしょ？　お姉ちゃんぐらい胸が大きいと、キツくって入らないんだけど、あたしには丁度ぴったりだったのよ！」

澪は大胆に接近し、胸の切れこみから覗く双乳を見せつけてきた。白水着の下で、ゼリー塊のようにふるふると揺れる豊乳を間近で見て、瑛斗は思わず生唾を飲んだ。

千歳よりは少し控《ひか》えめとは言え、澪もかなりの巨乳だ。

――澪ねえのおっぱい、こんな大きかったんだ……。

そのはち切れんばかりのバストを、触れるか触れないかの距離まで近づけられて、油断すると下腹部の愚息が独り立ちしそうだった。

「わ、わかったから……澪ねえも綺麗だから、胸を強調してくるのやめてよね」

澪から目を逸らして、慌てて距離を取った。

「もう、あたしが見ていいって言ってるのに……」

不満そうな顔をして、澪はこちらへ背を向けた。

「……あ」

澪の肌は大胆にさらけだされていて、その後ろ姿は瑞々《みずみず》しい健康的な色気に溢れていた。

白の水着生地が腰から臀部を美しく包みこみ、高く盛りあがった尻たぶの半球が零れんばかりに露出し、ぷるぷると官能的な震えを見せた。

そうして、大胆なハイレグは、すらりと伸びた澪の脚をより長く、美しく見せていた。

むっちりとした太腿から、妖《あや》しく括《くび》れた足首までの優美なラインは、ふるいつきたくなるほど蠱惑《こわく》的だ。

瑛斗は澪のあでやかな後ろ姿を、食い入るように見つめた。

「ちょっと……」

さすがに見すぎたのか、澪は瑛斗の視線に気づいたようだ。

「見てもいいって言ったときは見ないで、こっそり盗み見？　男らしくないわよ」

腰に手を当てながら、澪は挑発的に言う。

けれど、その顔は赤らんでいて、さすがに無防備な後ろ姿をじっと見られるのは恥ずかしいらしい。

「でも、澪ねえ、じろじろ見たら、エロいってからかってくるし……」

まだ高校生の瑛斗は、エロいと責められて開き直れるほど、強くはない。

「だから、瑛斗は子供なのよ。女にはね、いっぱい見られたいときもあるの。見られてうれしいときは、からかったりしないわよ。わかってないわね」

「う……いつも、そうやって子供扱いするし。もう大学生だし、子供じゃないよ」

「あたしから見れば、まだまだ子供よ」

澪はそう言うと、瑛斗の頭をぽんぽんと叩いた。小さな頃によくされた仕草だが、今は瑛斗のほうが背が高くて、ひどくバカにされている感じがした。

——澪ねえ、こういうところがなけりゃ、千歳さんに負けず劣《おと》らず、いい女なのになあ。

いつものことなので、瑛斗は怒る気にもならない。

適当に二人でじゃれあっていると、そこに海パンの男たちが三人、近づいてきた。

——ん。何の用だろ？

瑛斗たちと同じ海に遊びに来た観光客だろうか。男たちの浅黒く日に焼けた上半身は、鍛え上げられていて、妙《みょう》に威圧《いあつ》的な感じがした。

「ねえ、お姉さんたちも島に観光に来たの？」

その中の一人、金髪を短く刈りこんだ男が千歳に声をかけた。

「え……」

千歳が警戒感を露《あらわ》にした声を出して、男を見た。

こちらには、千歳と澪の美女二人がいた。ナンパ目的なのは明らかだ。

「俺たちもさ、島に遊びに来たんだ。同じ観光客同士、仲よくしようよ」

黙ったままの千歳へ、短い金髪の男は一方的に話しつづけた。

「いっしょに泳がない？　よかったらチャーターしたヨットに招待するよ」

「あ、あの、ちょっと……」

瑛斗は、こわごわと千歳の脇へ出た。

「なんだ、お前は。ガキに用はねえよ」

「う……」

何か話そうとして、短い金髪の男にすごまれてしまい、何も言えなくなってしまう。

そのまま、金髪の男は瑛斗の肩を摑むと、脇へ払いのけた。

瑛斗は身体が固まってしまい、何も言い返すことができなかった。

「こんなガキよりも俺たちのほうがいいだろ？　な、こっちに来いよ？」

男は顔を千歳のほうへ突きだすと、その身体を品定めするようにぶしつけな視線を這《は》わせた。

「やめてください……」

千歳は顔を背《そむ》け、二、三歩あと退《ずさ》った。

「なあ、そんなにイヤそうな顔しなくてもいいだろ？」

「イヤだから、イヤそうな顔してるのよ！」

そう男をたしなめたのは、澪だ。

「な、なんだと!?」

「もういいでしょ。さすがにしつこすぎよ。ほら、これ以上したら、人を呼ぶからね！」

澪は持っていたスマートフォンを出して、男たちにプレッシャーをかけた。

「くそ、つまんねえな……おい、行くぞ！」

澪の強硬《きょうこう》な態度に屈《くっ》し、金髪の男たちはその場から立ち去った。

「……い、行っちゃった」

男たちが去った安堵《あんど》と、何もできなかった悔しさ、いろいろな思いが瑛斗の胸中《きょうちゅう》を巡《めぐ》った。

「さすが、澪。すごい迫力だったわね」

「はぁ……正直、ちょっと恐かったけど、あれぐらい言わないとね」

「んふふ、でも助かったわ。ありがとう」

千歳は少しほっとした表情を見せると、瑛斗へ向き直った。

「瑛斗さんは大丈夫？　ケガはない？」

「うん……ボクは大丈夫だけど……」

何もできなかったうえに、まるで子供みたいに千歳から心配されて、精神的なダメージはさらに大きくなった。

——ボク、男なのに、何もできなかったなあ……。

すでに終わったことだが、くよくよと考えてしまう。

「ほら、瑛斗。なに暗い顔してるのよ！　ちょっと邪魔は入ったけど、せっかくの石垣の海よ。いっぱい楽しみましょう！」

澪はそう言うと、瑛斗の背中をバシっと力強く叩いた。

「あたた、痛いってば、澪ねえ……」

痛みに顔をしかめながらも、瑛斗は少し気がまぎれた。

それから瑛斗たちは荷物をビーチに置いて、波打ち際で少し遊んだり、海で泳いだりした。

後ろから海水をかけてきたり、沖まで泳ごうと言ったり、瑛斗を子供扱いしていた澪が、一番はしゃいでいた。

──これじゃ、どっちが子供だか、わかんないよね。

けれど、社会人になっても昔いっしょに遊んでくれた頃と同じ澪で、変わらない態度で接してくれることがうれしかった。

しばらくして、千歳が一休みするというので、瑛斗もいっしょにビーチへ戻った。

澪はまだ泳ぎ足りないようで、もう少し泳ぐつもりらしかった。

千歳と瑛斗はビーチパラソルの陰《かげ》に入ると、シートの上に身体を横たえた。

「はぁ、けっこう、疲れるよね」

「そうねえ、波もあるし、プールとは違うわよね」

そう言いながら、千歳はオイルタイプの日焼け止めを身体に塗りはじめた。

「あれ、日焼け止め……塗ってきたんじゃないの？」

「うん。そうなんだけど、思ったより日差しが強いから、もう少し塗っておこうって思って」

足やお腹、そして胸元に、千歳は入念《にゅうねん》に日焼け止めを塗っていく。

肌に広がった日焼け止めは、ぬらぬらと淫靡《いんび》な照り輝きを見せていて、千歳を妖しい美しさで彩《いろど》っていた。

――そばで見てると、オイル塗る姿って、すごく色っぽいよね。

瑛斗はどぎまぎしながら、義母が熟れた肢体《したい》にオイルを塗り広げる様を見守った。

そうして首筋まで塗り終えて、あとは背中を残すのみとなった。

「ん、んんっ……」

千歳は背中へ手を伸ばすもの、上手《うま》く塗れなさそうで、見ていてじれったかった。

「あ、千歳さん……背中なら、ボクが塗ってあげるよ」

つい、瑛斗はいつもの何かを手伝うような調子で、そう口にした。

「え、あ、そうね……お願いしようかしら……」

千歳も家の用事を手伝ってもらう調子で、そう答えた。

「こうしたほうが、塗りやすいわよねえ」

そのまま千歳は、シートの上にうつぶせに寝そべった。

「じゃあ、いくね……」

ボトルから日焼け止めオイルをたっぷりと手に取って、義母の滑《なめ》らかな背中へ直接塗りつけていく。

「あんッ、瑛斗さん……ちょっと量が多いわよ……」

「そ、そうなんだ……ごめんね。こうやって、広げればいいかな？」

べっとりと背中に垂《た》れたオイルを、手のひらで腰のほうへ広げていく。オイルで濡れ光る千歳の絹肌が、あまりに淫靡だ。

——お、オイル塗るって、簡単に引き受けちゃったけど、すっごいエッチなことしてるよね、これ……。

溢れたオイルは伸ばしていかないと、ゆっくりと腰からお腹のほうへ滴《したた》り落ちていくので、放っておくわけにもいかない。

何気ない顔をしながら、オイルを塗っていくものの、内心はドキドキが収まらない。

肩やうなじまでオイルを広げたが、それでも出しすぎたオイルはまだ腰にたっぷりと溜《た》まっていた。瑛斗は新たに塗る場所を探す。

とっさに目に入ったのは、パレオの腰布に包まれた艶尻だ。布越しにも、むっちりと押し詰まった具合が伝わってきた。

——ちょっとだけなら……。

あでやかな桃尻の誘惑に負けて、瑛斗がパレオの腰布をそっと捲《まく》りあげると、際どいビキニショーツに包まれた、麗《うるわ》しい双臀が露になった。

ショーツの縁《ふち》が尻の柔肉にキツく食いこんでいて、それが義母の熟れたヒップをより豊かに見せていた。

そのまま手のひらにたっぷりと絡んだオイルを、尻たぶへ塗りつけていく。尻肌に指先がかすかに潜《もぐ》ると、弾力とともに押し返された。

「……あ……瑛斗さん、お尻………」

「ご、ごめん……でも塗っちゃわないと、もったいないし」

「あ……あんッ……瑛斗さん……そこは、だ、ダメ………」

双丘をいやらしく撫《な》であげられて、千歳は甘い声を出してしまう。

「もう、ちょっとだから……」

千歳の生尻を手で撫でまわしながら、オイルを広げていく。てらてらとした妖しい光沢《こうたく》が尻丘に薄く伸ばされて、義母の艶尻の淫らさが強調された。

指先にはオイルの滑《すべ》りと尻たぶの柔らかさがあわさった、極上の感触が伝わってきた。

──ダメだよ。もう止められない！

千歳がキッチンに立ったとき、後ろから覗く美尻が自分の手の中にある。そう思うと、瑛斗の興奮は最高潮に達した。

「瑛斗さん……あ、あふぅ……お尻を撫でないで……」

オイルの滑りを活かして尻丘を揉みこみ、その頂点から裾野《すその》へと指先を回すように這わせて、千歳のヒップに艶化粧を施《ほどこ》した。

尻の双球に薄くコーティングされた油脂が陽光に濡れ輝いて、義母の震えにあわせて、尻肉が妖美に波打った。

「も、もう……だ、ダメって、言ってるのに、あぁッ……」

千歳は喘《あえ》ぎながら、柔尻をさらに揺さぶった。

淫らにのたうつ尻たぶに魅せられてしまって、瑛斗の耳に千歳の言葉は入ってこない。

「でも、ちゃんと塗らないと。千歳さんの綺麗な肌が、日焼けしちゃうから……」

「それは、そうだけど……んッ、んうッ……あふぅ……」

双尻を這いまわる瑛斗の手を払うこともせず、まるで彼の尻愛撫を受けいれているかのように、嬌声《きょうせい》をあげつづけた。

「ん、んあッ……こういうことは、親子なんだから……い、いけませんから……」

「わかってるけど……あとちょっとだけだから……」

瑛斗は何かに魅入られたように、尻たぶを撫でまわしつづけた。許されるなら、いつまでもこうしていたいと思った。

義母も瑛斗の望みを受けいれて、ほとんど抵抗はしないままだ。

「も、もう……瑛斗さん……そんな、あ……ああッ……だ、ダメ、そこは感じて……」

千歳はビクンとお尻を軽く跳ねさせながら、くぐもった呻《うめ》きをあげる。

「ん、んんん……ッ……んんーッ！」

そうして身体をぐったりと弛緩《しかん》させて、大きく息を吐いた。

「だ、大丈夫。千歳さん？」

「……え、ええ。何でもないわ……」

そう言うだけで、千歳はぐったりとシートに突っ伏すと、瑛斗にされるがままだ。

――もしかして、い、イッちゃったとか……でも、千歳さんに限ってそんなことないよね……。

義母の生尻をまさぐる緊張と興奮を覚えながらも、瑛斗は千歳の背中からお尻にかけて、綺麗に日焼け止めを塗り終えた。

「……はふぅ……もう、瑛斗さん。こんないけないことをして……」

「ご、ごめんなさい……でも綺麗に塗れたし」

「もう……せっかくの旅行だから何も言わないけど、いつもならお説教ものよ」

そう告げる千歳は耳まで真っ赤で、吐《つ》く息はひどく熱っぽかった。

「こ、こういうことは、ちゃんと同意を得てからね……」

まるで同意を得れば、いつでもエッチなことをしてもいい。そう言わんばかりの口調だ。千歳は羞恥に瞳を潤《うる》ませたまま、捲りあげたパレオの腰布を戻し、オイルに塗れた艶尻を隠した。

瑛斗と千歳は、並んだままそこにじっと寝そべっていたが、二人とも無言で心臓のドキドキは止まりそうもなかった。

脇の千歳を見ると、彼女は濡れた瞳でじっと見つめ返してきた。

色っぽい千歳の雰囲気に、瑛斗の胸はきゅっと締めつけられ、そのまま目の前の愛らしい義母を抱き締めたくなる衝動に駆《か》られた。

「……ち、千歳さん」

そう彼女の名前を呼んだときだ。肩がとんとんと叩かれた。脇を見ると、そこには海で泳いでいたはずの澪が戻ってきていた。

「こら、少年！　若いのに、何のんびりしちゃってるのよ。あたしはたっぷり泳いできたのに」

澪はバスタオルで身体を拭うと、そのまま脇に寝そべった。

「はぁ〜、すっきりした！　やっぱり海はいいわよね〜。今年は仕事が忙しくて、行けてなかったから」

そう言うと、澪は千歳の背中に日焼け止めが綺麗に塗られているのを、めざとく見つけたようだ。

「お姉ちゃん、背中まで綺麗に塗れてる……一人でできるわけないだろうし。もしかして、瑛斗にやってもらったとか？　いいなあ。あたしも塗ってほしいなあ」

脇でわいわい騒ぐ澪を、瑛斗はあえてスルーした。

「ねえってば、瑛斗！」

「何だよ、澪ねえ。自分で塗れば……あっ！」

腕に何かがあたる感触がして、同時に澪がわざとらしく声をあげた。

「ああっ。瑛斗、何やってるの！　オイル零しちゃダメでしょ！」

見ると、何か液体の入ったボトルが澪の身体のほうに倒れていた。

――こ、これって、澪ねえの持ってきてた、サンオイル……。

そのまま、オイルは仰向《あお》けの彼女の腰から腿にかけて広がっていく。

ハイレグワンピの腰から太腿にかけて、べっとりとオイルが絡んで、その柔肌はテラテラとした妖しい輝きを見せていた。

「あ～あ、このオイル、高かったのに……」

「なんで、まだ倒したままなんだよ。わざとだろ、絶対……」

瑛斗がそう非難しても、澪は気にした様子もない。

「というわけで、なんか埋《う》め合わせしてほしいな。例えば、ほら、零れたサンオイルを、このまま瑛斗が塗ってくれるとか……」

澪は顔を近づけて、小悪魔の笑みを浮かべた。

「え、そういうの、はちょっと……」

「何よそれ。お姉ちゃんには塗ってあげて、あたしにはダメなの!?」

「そう言われると……何も言い返せないけど……」

「じゃあ、ほら、お願い！」

澪は瑛斗の手をそっと取ると、大胆にも自分の内腿へ触れさせた。

「ちょっと、や、やめてよ……変なことさせないでよ！」

「変じゃないわよ、ちょっと塗ってもらうだけじゃない！　最初は太腿。それで次に背中、最後はお尻も塗ってもらおうかな。んふふ」

「だ、ダメだってば……」

瑛斗の手は澪の両腿に挟《はさ》みこまれて、身動き取れなくなってしまう。そこに、サンオイルがいやらしく絡んだ。

「じゃあ、塗ってくれる？」

「わ、わかったよ……足と背中でしょ」

「それと、お尻ね」

「え……お、お尻は……」

お尻と言われて、千歳のゆたかなヒップの感触が、まざまざと思いだされた。義母は澪の淫らな行為に気づいていないのか、背を向けたまま寝そべっていた。

——うう、太腿がむにゅむにゅして、すっごいエッチな感じ……。

オイルまみれの生腿に手を挟みこまれて、抜くこともできない。

淫蕩《いんとう》な笑みを浮かべて、澪は高く張った乳房を押しつけてきた。水着越しとはいえ、その弾力と柔らかさは生々しく伝わってきた。

——ま、マズいよ。このままだと……。

澪の太腿の誘惑から逃れようと身体を揺さぶるが、なかなか逃がしてくれない。じたばたともがいて、やっと澪から解放されたときには、海水パンツはしっかりとテントを張っていた。

「ちょっと、ボク……泳ぎに行ってくるよ」

起きあがると、前を隠すようにして、海へ向かった。

「待ちなさい！　まだ話は終わってないわよ」

後ろから、澪が追いかけてきた。

瑛斗は慌てて海へ逃げるものの、すぐに追いつかれてしまう。腰まで海水に浸《つ》かりながら、後ろから澪にぎゅっと抱きとめられた。

「捕まえた。もう、逃がさないわよ」

「……や、やめてよ、澪ねえ」

「本当にやめてほしいの？　どっちかっていうと、すっきりさせてほしいんじゃない？」

澪は水着越しに、乳房を背中にぐいぐいと絡めてきた。至福《しふく》の感触に男根はさらに大きくそり返った。

「ここは、どうなってるかな？」

「……もう、澪ねえの意地悪。わかってるくせに……」

澪の手指で、海パンごしに怒張を撫でこすられて、情けない呻きが漏《も》れてしまう。

「もうガチガチね……このまま抜いてあげよっか？」

「ぬ、抜くって、こんなところで？」

驚いて、瑛斗は大きな声を出した。

「じゃあさ、このままお姉ちゃんのところに戻る？　あたしはどっちでもいいわよ」

「こんなになってるのに、それもちょっと……」

「じゃあ、決まり！」

澪は器用に海パンをずらして、怒張を海中に露出させると、そこへ指先を丁寧に添えた。

そうして、先端から根元へと巧《たく》みにしごきたててきた。

「う、ううッ……澪ねえの指が、エッチに絡んできて……あううッ……」

「あはっ、あたしの手の中で、瑛斗のオチ×ポ、びくびくしてる。気持ちいいのが伝わってきて、すっごく興奮してきちゃってる……」

瑛斗の太幹を手筒で弄《もてあそ》びながら、澪は耳元ではぁはぁと息を乱れさせた。若叔母の熱い吐息《といき》が妖しく耳元を嬲《なぶ》ってきて、瑛斗のいきりはさらに大きさと硬さを増した。

「んくぅッ……澪ねえ、そんなにしたらッ……」

「何よ、そんなにしたら、どうなっちゃうの？　もしかして出ちゃうの、海の中で手コキされて、いやらしくオチ×ポから、精液をどぴゅらせちゃうんだ？」

「ち、違っ……」

「ぜんぜん、違わないでしょ。瑛斗はいつも素直じゃないんだから。ほら、身体をラクにして。あたしが気持ちよく射精させたげるから……」

澪は指の腹の柔らかい部分を雄槍の括れに巻きつけると、ねっとりと五指を動かして、歓喜の波を送りこんできた。

爪には薄いスカイブルーのネイルが施されていて、それが瑛斗には妙に大人びて感じられた。

――澪ねえのネイル、すごく色っぽい。大学生のときはしてなかったから、働きだしてから始めたのかな。

瑛斗はとりとめもないことを思いながら、澪の手指にペニスを弄ばれる悦《よろこ》びに身を委ねていた。

海中に剝《む》きだしのペニスを晒す解放感と、それを姉同然の澪に手コキされる背徳感があわさって、陶酔《とうすい》に満ちた時間が過ぎていった。

「ほら、どう……あたしの手コキは。まんざらでもないでしょ？」

「うん。澪ねえの手つきが優しくて、本当に気持ちいいよ……」

「なら、よかった。あたしの手でちゃんと気持ちよくなってくれてるんだよね……」

手を動かしながらも、澪は感慨《かんがい》深げに話しつづけた。

「でも、瑛斗のこと、ずっと子供だとばっかり思ってたのに、いつのまにかこんなに逞しくなっちゃって……」

澪自身も瑛斗への淫らな行為で、だいぶ興奮しているみたいだ。熱い呼気《こき》が耳朶《じだ》を打ち、乳房が肩甲骨のあたりに何度も押しつけられた。

同時に澪は巧みな指捌きで、屹立《きつりつ》をさらに激しく責めたててきた。激しい射精衝動が何度も下腹部を襲い、瑛斗は無意識に腰を震わせてしまう。

「んう、んううッ、澪ねえ、激し……」

「あらら、少しゆっくりがいいかしら……すぐに出しちゃったら、つまらないからね」

手首のスナップを利《き》かせるほどの、激しい手コキはいきなりストップされて、幹竿全体を包みこむような穏《おだ》やかな刺激に転じた。

暴発寸前の激しい快美が一瞬で消え失《う》せ、瑛斗は快楽への強い渇望《かつぼう》に苛《さいな》まれた。

「……う……うう、も、もっと強くしてよ……」

「何よ。さっきは激しいって言ってたのに。瑛斗は勝手ねえ……」

「だ、だって……強すぎたら、だ、出しちゃうから……」

「強いって、こんな感じ？　ほらほらッ！」

「あううッ！」

澪は瑛斗を射精直前まで追いつめ、そこで手を止める、寸止め手コキを繰り返した。

その緩急《かんきゅう》をつけた巧みな焦《じ》らし責めに、瑛斗はすっかり翻弄《ほんろう》されていた。

そそり立った剛直が海面から顔を覗かせ、ヒクつく鈴口からは、カウパーがだらだらと溢れた。

「うう、澪ねえ、だ、出させてよ……」

「いいわよ。ほら、気持ちよくなって、びゅくびゅくって射精しちゃいなさい！」

甘く囁《ささや》きながら、澪はねっとりと雁首をしごきつづけた。

淡《あわ》い空色に塗られたネイルの指先を操《あやつ》って、亀頭をカリカリと甘く引っ掻き、射精感を激しく煽《あお》りたててきた。

――んうッ、澪ねえの指の動きがエロくて。あんなに綺麗な指で、ぼ、ボクのチ×ポをしごいてくれてるッ。

透明度の高い海中で、澪の手指が淫らに躍《おど》る様が手に取るようにわかって、瑛斗はますます昂《たかぶ》ってしまう。

精嚢が引き攣《つ》って、精液が竿の中程まで上がっては下りを繰り返した。

「も、もう出ちゃうよ！　澪ねえの綺麗な指、よ、汚しちゃうよッ……」

「遠慮しなくてもいいのよ……ほら、あたしの手に思いきり、ぶちまけちゃってよ。瑛斗のザーメンまみれにしてッ！」

彼女の手指の動きがさらに加速し、吐精を激しく促してきた。指の腹が幾度も首根を擦《さす》り、裏筋を刺激した。

「あくうッ……もうッ、で、出る……出ちゃうッ！」

手淫の蕩《とろ》けるような甘さに耐《た》えきれず、瑛斗はついに滾《たぎ》る白濁を海へと放った。

「あは、まだ出てる！　ほら、最後まで出しちゃいなさい！」

澪は海中で手を上下に動かして、射精の悦びに打ち震えるいきりを刺激しつづける。

澪の優しくも残酷な手筒に、溜めこんだ精を吐きだしつづけた。

溢れた精汁は澪のしなやかな指先にも淫靡に絡んで、白い粘りを見せた。

「ご、ごめん！　まだっ、出るうッ。んんッ……」

「すごい！　こんなに出ちゃうんだ。知らなかった……あはッ、また出てるッ！」

自分の手を汚しつづける精液の量に、澪は少なからず驚いた様子だった。

「……ねえ、男のヒトって、こんなにたくさん射精しちゃうもんなの？」

「し、知らないよ、そんなこと。澪ねえのほうが詳《くわ》しいんじゃないの……うう、そんなにされたら、ま、またッ……」

妖しく絡む指の心地よさに、瑛斗はさらに乳白液を噴きだした。

「あんッ、また出た！　すっごい、いっぱい出ちゃうんだね、んふふ」

瑛斗の連続射精を、澪は面白がっているみたいだ。

精を出しきった剛直から手を離すと、絡んだザーメンの感触を楽しむように、澪は手指を動かしていた。

「瑛斗、いっぱい出しちゃったね……べとべとに手を汚されて、これはあたしに、貸し一つね」

「また、澪ねえに貸しなの？　もう返しきれない……」

そこまで言いかけて、瑛斗は思わず息を呑《の》んでしまう。

澪は艶然《えんぜん》とした表情のまま、瑛斗のリキッドで粘ついた手に、れろりと舌を這わせていた。

「瑛斗さえよかったら、あたしがもっと、いいことしてあげてもいいのよ……」

「い、いいこと……」

「そうよ、いいこと。あたしだって誰にでも、こんなことするわけじゃないの。瑛斗も子供じゃないんだから、わかるわよね……」

瞳をうっとりと潤ませたまま、澪は精液にまみれた手を自らの口へ持っていく。

──こんな、澪ねえ、初めてだ……。

瑛斗は、その淫蕩な姿から目を離せないでいた。

「んふ、瑛斗のザーメンだったら、飲んであげられるし……」

澪は手指に絡んだ大量の白濁を見せつけながら、じゅるるるとわざとらしく大きな音を立てて、それを淫靡に啜《すす》り飲んでみせるのだった。

第二章　若叔母と初めての絶頂セックス

瑛斗たちは、ビーチで夕方までたっぷりと遊んでから、ヴィラに戻ってきた。それからヴィラ内で用意された、島名物の石垣牛や海産物の豪華なディナーに舌鼓《したつづみ》を打った。

旅先の解放感もあって、千歳や澪もお酒が進んだ。おしゃれなトロピカルカクテルから始まって、お肉にあう赤ワイン、最後は島特産の泡盛《あわもり》まで。お酒に詳しくない瑛斗が脇で見ていて心配になるぐらい、千歳も澪も浴《あ》びるように呑み、二人ともだいぶ酔いが回っていた。

瑛斗もお腹いっぱい、島のグルメを堪能《たんのう》した。

食べすぎて動けなくなった瑛斗は、リビングのベンチで横になった。千歳も奥の部屋で休んでいるみたいだ。

澪だけが元気で、酔い覚《さ》ましに庭のプールで少し泳いでいた。

外はすっかり暗くなっていて、瑛斗がソファから身体を起こすと、ガラス戸越しにぼんやりと照らされたプールと、そこで泳ぐ澪の姿が見えた。

純白のハイレグワンピの水着姿のまま、ゆったりと仰向きに浮かんでいた。そうして、何度かプールを行ったり来たりしてから、澪はプールサイドに上がった。

澪がずぶ濡れのショートヘアを勢いよく掻きあげると、雫《しずく》があたりに散った。

庭に埋めこまれた灯《あか》りが、澪のハイレグワンピ水着を下から照らしだす。

水着の鋭く切れあがった股のラインから、ぬっと突きだした美脚が夜の闇にぼんやりと浮かびあがった。

すらりとしなやかな脚線に沿って、水滴が流れ落ちていく。

プール上がりの若叔母の、生気溢れる瑞々しい魅力は、瑛斗の心をたちまち捉《とら》えた。

──澪ねえの身体、綺麗だよね。同じ姉妹でも、千歳さんとまた違うタイプだ。

ビーチで健康的に日焼けした肌の、むっちりとした太腿の肉づきと、その躍動《やくどう》的な震えが眩しい若叔母の潑剌《はつらつ》とした官能美に、瑛斗は思わず息を呑んでしまう。

純白の水着も琥珀《こはく》の肌も、そして短く切りそろえられた髪もしっとりと潤っていて、それが澪の艶めかしさをいっそう強烈に引き立たせていた。

澪はプールサイドに置いてあったタオルで身体を拭くと、ラッシュガードを羽織った。そうして、瑛斗のほうへ歩いてきた。

「瑛斗、こっちに来ない？　星がすごく綺麗よ」

「星……？」

そう言われて、瑛斗はテラスに出た。

夜空を見あげると、満天に星々が散りばめられていて、その星の輝きの凄まじさに圧倒されてしまいそうだ。

「わあ、すごい！　こんなにたくさん、星が見えるんだ」

「都会だと、見えないわよね。あたしも、さっきプールで泳いでて気づいたの」

澪はそっと瑛斗の手を取ると、その手指を自然に絡めてきた。

繋いだ澪の手はしっとりと濡れて柔らかく、ただ手を繋いでいるだけなのに、ひどくいけないことをしている気分にさせられた。

「ほら、瑛斗。こっちでゆっくり見ましょう……」

澪にそっと手を引かれて、プールサイドのビーチベッドの所まで連れていかれた。

そこで瑛斗はベッドの上に寝そべり、澪も隣のベッドへ横になった。

漆黒《しっこく》の空に広がる、燦々《さんさん》と煌《きら》めく星屑《ほしくず》の海。

その吸いこまれそうなほどの輝きに、瑛斗はしばしの間、心を奪われていた。

すると、視線を感じて澪を見た。

澪は身体ごと瑛斗のほうを向いて、射抜《いぬ》くような視線で見つめきた。潤んだ瞳は、まるで捕食者のそれで、瑛斗はぎゅっと身を縮こまらせてしまう。

濡れたショートヘアはかすかに顔へ落ちかかって、乱れた髪先がぷっくりと膨らんだ唇に妖しく絡んでいた。

──今日の澪ねえ、エッチで普段とぜんぜん違う。これが大人の女のヒトの、別の顔なんだ。

脇でねそべった澪の肉感溢れる魅力に、瑛斗は強く惹かれる。艶めかしい若叔母を自分のものにしたい、そう強く思った。

そんな瑛斗の気持ちをくみ取ったかのように、澪はそっと瑛斗の身体に触れてきた。

「瑛斗……」

澪は色っぽく唇を尖《とが》らせながら、その指先を、薄手の半袖シャツの胸元からお腹、そして股間へと這わせていく。

──あ。そこは……。

澪の痴漢じみた行為に心理的な抵抗を覚えつつも、瑛斗はされるがままになっていた。自分自身で、どこか望んでいたからかもしれない。

軽く膨らんだ股間が、澪のしなやかな細指に撫であげられて、その快《こころよ》さにびくびくと妖しく震えた。

「や、やめてよ……澪ねえ……」

「イヤなら、自分で手を払いのけたら？」

艶然とした笑みを浮かべながら、澪の淫猥な悪戯《いたずら》はつづいた。

股間に澪の手指が絡み、根元から先端へ何度もしごきたててきた。ズボン越しのほどよく甘い感触が、瑛斗を激しく昂らせた。

隣のビーチベッドの澪は、さらに瑛斗側へ身体を寄せてきた。彼女の淫らなハイレグ水着から突きだした美脚が、目に飛びこんできた。

——澪ねえの足、すごく綺麗。

しっとりと濡れた、飴《あめ》色の生太腿。その瑞々しい膨らみと張りに目を奪われてしまう。

澪が瑛斗へ手を伸ばし、身体を揺すって下腹部をまさぐるたび、大腿部の淡い褐《かっ》色《しょく》肌が淫らに波打った。

——うう。すらっと長くて、それでいて肉づきもエッチだなんて……。

瑛斗は澪の手淫と艶めかしい雰囲気に当てられて、剛直を硬くしていた。幹竿の形にズボンの生地は盛りあがって、もはや隠すことはできなかった。

「だいぶ、大きくなってきたわね……瑛斗のオチ×ポ」

澪は責めるように瑛斗を見ると、楽しそうに唇を歪《ゆが》めた。

「ねえ、あたしの足、そんなに気になる？　オチ×ポを擦られてる間も、ずっと見てるけど……」

「ち、違うってば……あううッ……」

「違わないでしょ……」

澪は瑛斗のズボンのファスナーを下ろして、そり返った怒張を取りだすと、手の先で煽るようにねっとりと撫であげた。

「足が好きなら、ここでしてあげてもいいよ」

「え……」

若叔母の淫靡な提案に、瑛斗は思わず生唾を呑んでしまう。胸の鼓動《こどう》が早くなり、激しい昂りが内から突きあげてきた。

「してほしいよね？」

「……う、うん」

瑛斗は恥も外聞《がいぶん》も捨てて、澪の誘いに頷《うなず》いた。

「素直が一番よ……瑛斗のそういうところ、嫌いじゃないよ」

澪はすっと立ちあがると、ビーチベッドに仰向けになったままの瑛斗のほうへ、足のつま先をぬっと突きだしてきた。

小麦色に焼けた足の裏は白くて、ぞくぞくするほど艶めかしい。その足首を伝って、雫がぽたりぽたりと滴り落ちた。

まだ湿《しめ》り気《け》を帯《お》びた足指が鼻面に突きつけられて、プールの抜けるような匂いが鼻を突いた。

そうして、足先で焦らすように首筋を撫であげてきた。

「どう？　瑛斗がずっと見てた足よ。もっと見てもいいわよ」

前から気になっていた澪の美脚は蜂蜜《はちみつ》色に染まって、いっそう扇情的な淫らさを際立たせていた。

「う、うん。綺麗だよ……」

それが大胆に眼前《がんぜん》へ突きだされて、瑛斗の興奮は最高潮に達していた。そのまま足指で喉元を押されて、一瞬息ができなくなった。

つま先を顎に引っかけられて、そのまま白い喉を晒された。瑛斗は澪にされるがままだったが、それが心地よかった。

そのまま、澪の足の甲が左右の頬を挑発的に嬲ってくる。

「ん、んううッ……」

瑛斗は濡れた澪の足指へ唇を擦りつけて、自然と口に含んでしまう。

「あんッ……何してるの、瑛斗。変態みたいなことやめなさいよ……」

「んむぅ、ちゅ、ちゅぱッ……でも、澪ねえが、足を出してきたから……」

澪自身も足を引っこめることはなく、彼の行為を楽しんでいるようだ。

瑛斗は澪に跪《ひざまず》きたくなるような衝動を必死に抑えながら、差しだされた足指を舐めしゃぶった。仰向けの姿勢で、口腔に足先を突っこまれて、その窒息感にうっとりとなってしまう。

「……ん、んぅ……んふぅ……」

「もう、仕方ない子……もっといじめたくなってくるじゃない……」

瞳にサディスティックな色を浮かべて、しばらく足指を瑛斗にしゃぶらせつづけた。

そうして彼がまだ欲しがっているのを知りつつ、すっと足を引いた。

「あ……待ってよ……澪ねえ……」

「今日はお預《あず》けよ。その代わりに……」

澪は唾《つばき》に濡れた足指を、剛直へ押し当ててきた。

「こっちを、愛してあげるわね……」

そうして足爪の先で、亀頭をくすぐってきた。足指の先でそっと触れられて、切っ先がビクビクと悦びに打ち震え、腰がかすかに浮いた。

「あ……ああ、澪ねえ……もっと……」

澪から与えられる官能的な刺激に、瑛斗はすっかり飼い馴らされてしまっていた。さらなる快美を求めて、澪の名を口にした。

「焦《あせ》らなくても、これからよ……」

淫蕩な笑みを浮かべた澪は足指をすぼめて、その雁先をくりくりと刺激してきた。

「あう、あううッ、そこは……」

流しこまれた快感に、瑛斗の判断力が奪われていく。澪は巧みに足先を操って、屹立を責めたててきた。

「もう、こんなガチガチにして……瑛斗って、節操《せっそう》なさすぎね」

勃起の漲《みなぎ》りとともに、感覚は鋭敏《えいびん》になり、若叔母の責めにますます翻弄されてしまう。

「気持ちよくなるのは、これからよ……」

澪は足の親指と人指し指を器用に開くと、剛直をその間に挟みこんだ。そうして、足先をねっとりと動かして、幹竿を妖しく擦りたててきた。

「ほら、ほらほら。オチ×ポ、びくびく震えてるわよ！」

「……あう、あううッ！」

足指の柔らかな感触に、エラを張った亀頭が絡めとられて幾度もしごかれた。溢れる摩擦悦に、下腹部まで蕩けさせられた。

「変な声、出して。もしかして、出そうなの？　今日、海でしたみたいに、エッチなザーメンいっぱいお漏らししちゃうの？」

「……くッ」

瑛斗は澪に言い返すこともできず、ただ俯いた。

澪はぬっと突きだした足をゆっくりと上下させて、射精感を少しずつ煽ってきた。

「すぐに出ちゃったら、つまんないもんね」

「澪ねえ、意地悪だよ……」

焦らすようなスローペースの足コキに耐えかねて、瑛斗は腰を浮かせ、自ら積極的に澪の足指へ剛棒を擦りつけてしまう。

はぁはぁと息を乱しながら、澪の麗しい足にそり返った幹竿を抑えこまれる快美に、酔い痴《し》れていた。

澪の足先が屹立をしごきたてるたびに甘い愉悦《ゆえつ》が駆け抜け、鈴口から先走り液がどぷどぷと溢れた。

——足でされるの、こんなに気持ちいいなんて、知らなかった……。

綺麗な澪の足指が、滲《にじ》んだ蜜に濡れて淫靡な糸を引く。硬く張ったエラが足指に何度もしごかれて、ぬちゅぬちゅと淫靡な音が響いた。

小さな頃から知っている澪に、ハイレグ水着姿で足コキされつづける。日常からかけ離れた倒錯《とうさく》的な責めに、ペニスの受ける悦楽は何倍にも跳ねあがった。

——澪ねえにいやらしく足コキされてるって思うと、たまらなく感じて……気を抜いたら、射精しちゃいそうッ……。

さらに我慢汁が滴り、精嚢が引きあがる。

射精の前動作のように陰茎がビクビクと淫らにヒクついて、灼熱《しゃくねつ》が胴の半ばまで迫《せ》りあがってくるのがわかった。

「う、うう。もう、で、出ちゃうよ！　澪ねえの足コキで、だ、出しちゃうッ……」

「んふふ、正直ね……瑛斗」

ニッと笑うと、澪は足先での責めを止めてしまうのだった。

「澪ねえ、どうして？　や、やめないでよ……」

「だって、気持ちよくなっちゃってるの瑛斗ばっかりよ。そうやって、カウパーをいっぱいお漏らしして。あたしの足の指も、瑛斗の汁でどっろどろよ。ほら」

カウパーが絡んだ足指を瑛斗に見せつけると、意地悪そうな笑みを浮かべる。口の端に八重歯がちらりと覗いた。

澪は身体を少し屈《かが》めると、そそり立ったペニスに、そっと手を這わせてきた。怒張は少し触れられただけで、ビクビクと震えて暴発寸前だ。

「あ、ビクってした！　もうちょっとで射精しそうだよね……うふ」

そのまま、雄槍の先を手で包むように軽く握りながら、瑛斗のほうへ顔を近づけた。

「ねえ……瑛斗のオチ×ポで、あたしも気持ちよくしてよ」

吐息のかかる距離で、そう呟く。

「……澪ねえ。ま、待ってよ」

「待ってって言われても、もう我慢できないの……」

澪は柔らかな唇を、そのまま瑛斗へ押しつけてきた。

「あふ……んんッ……瑛斗」

「み、澪ねえ……」

突然のキスに、瑛斗は目を白黒させてしまう。澪はそのまま瑛斗の唇を、小鳥のように優しくついばんできた。

恋人もおらず、キス初体験の瑛斗だったが、澪を真似して、ぎこちないキスを返した。

「……瑛斗、キス初めてなんでしょ？」

「あふ、んちゅ、し、知らないよ……」

「図星ね……なのに、キスのお返ししてくれるんだ。そういう、いじらしいところが可愛いのよね。んちゅ、ちゅぱ、んちゅぱッ……」

澪は熱い吐息を漏らしながら、瑛斗へキスをつづけた。ふにふにと柔らかな唇粘膜を擦りつけたり、激しく唇を吸ってきたりした。

そのまま唇を割って、澪の舌が口腔へ潜りこんできた。

「し、舌が……んううッ……」

「ちゅぱ、んちゅぱッ。瑛斗っ……」

澪の舌体は、にゅるにゅると口内で蠢《うごめ》き、瑛斗の舌に激しく巻きついてきた。澪の慣れたキスに、童貞の瑛斗は手玉に取られてしまっていた。

口腔が澪の舌先に幾度も貫《つらぬ》かれ、必死で舌を絡め返す。舌粘膜の擦れる快美感に酔わされて、息をすることさえ忘れていた。

初めてのキスのめくるめく快感を、瑛斗はケダモノのようにはふはふと息を荒げて、貪《むさぼ》るように享受《きようじゆ》しつづけた。

——澪ねえのキス、激しい。

大人の女の蕩けるような濃密なキスに、瑛斗はされるがままになってしまう。

——キスって、こんなにすごいものなんだ……ううッ……。

頭の芯《しん》がぼうっと痺《しび》れて、澪のディープキスに必死についていくだけだ。

「あふぅ、まだこれからよ……」

「こ、これからって……ま、まだ……キス……つづけるの？」

キスの悦楽は麻薬のように瑛斗の頭を犯して、もはや何も考えられなくなっていた。

「そうよ……瑛斗のファーストキスの味、あたしにいっぱい楽しませて」

「……んうッ、これ以上、キスされたら……」

いったん離した唇を、澪は再び絡めてきた。ちゅぱちゅぱと淫靡な口づけ音が響き、澪の熱い吐息が頬を嬲ってきた。

「……瑛斗っ……好き……」

澪は再び瑛斗の口内へ、大胆に舌を差し入れてきた。

「んちゅ……ほら、あたしの、飲んで……」

淫らな粘音をさせながら、澪は舌先にたっぷりと自身の蜜を溜めて、それを瑛斗の中へ流しこんできた。

熱を帯びた澪のシロップが、舌から溢れて口中へ広がるのがはっきりとわかった。

──澪ねえのおツユがいっぱい……まだ、入ってきてる。

「んう、んうう。澪ねえ……もっと……」

流しこまれる唾を、瑛斗は夢見心地のまま受けとめた。

挿入された澪の舌をねっとりと舐めしゃぶりつつ、喉を鳴らして、口腔に溜まった澪の唾液を嚥下《えんげ》していく。

澪のメスを感じさせる濃厚な香りが口に広がり、瑛斗はますます昂ってしまう。

「ああ……澪ねえ……」

瑛斗からも、澪へ性欲剝きだしの激しいキスを返した。

「もう、いきなり、激しすぎ……んちゅ、ちゅ、んちゅうう……」

唇をにゅるにゅると擦りつけあい、淫蕩なキスの応酬《おうしゅう》がつづいた。

「はふぅ……瑛斗。あたし、もう我慢できないから」

ゆっくりと澪の唇が離れると、甘いキスの残滓《ざんし》が糸を引いて消える。肉食獣の目で瑛斗を見据《す》えながら、澪は腰の上へ大胆に跨《また》がってきた。

そうしてラッシュガードを脱ぎ捨てて、白のワンピース水着だけの姿になると、股を剛直の根元に押しつけた。

「んんッ、瑛斗もこんなに大きくして……したくって、たまらないんでしょ？」

澪はたまりかねたかのように腰を淫らに揺さぶり、水着の股布を瑛斗の猛《たけ》りに擦りつけてくる。

「あうう、澪ねえ。エッチな格好で、股を擦りつけてこないで……」

濡れた水着のつるつるした素材に、裏筋が甘く擦られて、吐精感が屹立を襲った。

——澪ねえの水着、見てるだけで勃起しちゃうぐらいすごいのに。そんなところを押しつけられたら……。

屹立の胴にクロッチがぐいぐいと押しつけられて、よじれた布地が秘裂に食いこんでいた。同時に、澪の手指が雁首へ添えられて、張りだしがねっとりと撫でこすられた。

「もしかして、童貞だから、どうしたらいいかわからないとか？」

「え……そ、それは……」

答えにくいことをズバリと指摘されて、瑛斗は脇を向いた。

「じゃあ、あたしに任せて」

澪は興奮に息を荒げつつ、れろりと舌なめずりをした。普段は見せることのない、若叔母の妖美な姿に、瑛斗の視線は釘付けになっていた。

「い、いくわよ……もう、あたしも止められないから」

「う、うん……」

そのまま澪は腰を浮かすと、ハイレグのクロッチを自らの指でずらした。

さらけだされた恥部は眩しいほどの真っ白で、太腿の日焼け痕との対比が鮮やかだ。鼠径部《そけい》には、水気で艶めかしくふやけた叢《くさむら》が美しく生《は》えそろい、濡れた秘裂がわずかに顔を覗かせていた。

「ほら、見て……瑛斗を欲しがって、もうこんなになっちゃってるよ」

下腹部を突きだして、澪は自らの指で、膣口をくぱぁと大きく開いてみせた。内奥からは蜜が滴って、膣粘膜が淫らにヒクついていた。

「これが、み、澪ねえのおま×こ……」

「そうよ……ここで、瑛斗の童貞を奪っちゃうのよ」

澪は興奮に声をうわずらせながら、隆起《りゅうき》した逸物の先端に秘口を押し当ててきた。

「瑛斗の童貞、もらうからね……」

「うん。ボクも澪ねえとしたいよ。んんッ」

ぬかるんだ蜜孔が切っ先を包みこみ、挿入を激しく促してきた。瑛斗は淫猥《いんわい》な温もりに引きずられるように、腰を突きあげて澪の膣を求めた。

「はあ、はあっ、澪ねえッ……もっと奥に入れさせて、我慢できないよッ！」

まるで犬みたいに息を乱しながら、瑛斗は腰をへこへこと浅ましく突きあげた。ほぐれきったクレヴァスは、亀頭にクチュクチュと軽く混ぜ捏《こ》ねられた。

「ほら、がっつかないの。ちゃんとしてあげるから……ん、んんッ……」

蜜壺を浅くシェイクされる心地よさにうっとりとしながら、澪は瑛斗の剛直を膣内へ収めていく。ぬるんと雁首が呑みこまれて、そのままズブブと陰茎が澪の中へ沈《しず》んでいった。

「あはぁ……瑛斗のオチ×ポ、中に入ってきて……この入り口がぐいいって、拡げられる感じが、たまらない……」

澪はハイレグワンピースを着たまま、腰を左右にグラインドさせながら、切れぎれに喘ぎを漏らした。

その淫靡な姿に、瑛斗の幹竿はさらに激しくそそり立った。

「澪ねえの中、柔らかくて、温かくて……締めつけも、ううッ、すごい！」

頬を上気《じようき》させて、息を荒げながら、澪はゆっくりと腰を落としていった。

複雑に入り組んだヒダヒダが、亀頭に艶めかしく絡みついてくるのが、瑛斗にもわかった。やがて、かすかな引っかかりを切っ先に感じた。

瑛斗が腰を突きあげると、さらに奥へと雄根は入っていく。

ただ、かすかな抵抗があった。

「あ、あれ……これって……」

「瑛斗、も、もう少しで……ぜ、全部、中に入ると思うから……」

澪の美貌《びぼう》は艶めかしく歪み、口からは苦しげに吐息が零れた。

「んう、んううッ……おとなしく、待ってなさい……んああ、ああッ……」

少しずつ雄槍は奥へ潜り、結合部からは多量の蜜が溢れた。

「だ、大丈夫、澪ねえ？　汗がすごく出てる……」

「大丈夫よ……んんッ、んはぁぁッ！」

澪は腰をぐっと瑛斗へ密着させた。同時にペニスの先を包んでいた違和感がなくなり、剛棒全体がずるるるると、秘壺へ完全に呑みこまれた。

「あ、あはぁぁッ……瑛斗のオチ×ポ、全部もらっちゃった。高校生の童貞、いただきね……」

澪は脱力しきった様子で、なんとか笑みを浮かべた。唇の端にかすかに覗く八重歯が愛らしくて、それがかえって痛ましかった。

「もしかして、澪ねえも、初めて……」

「わ、悪い？　七つも年下の弟みたいな甥っ子に、そんなこと言えないじゃない……」

「でも、澪ねえ……すごく手慣れてたし……」

「キスぐらいはしたことあるし、エッチな知識は人一倍あるから……」

瑛斗に跨がったままで、澪は大きく息を吐いた。結合部から溢れた蜜汁はほんのりと桜色に染まっていて、澪の破瓜《はか》を示していた。

「じゃあ、ぼ、ボクも澪ねえの、処女をもらったんだよね？　なんだか感激しちゃうよ……」

「か、勘違いしないで。捨てるのを手伝ってもらっただけよ……」

それだけ言うと、澪は真っ赤な顔をして、押し黙ってしまう。

剛直を呑みこんだ秘壺は次第にほぐれて、ねっとりと精をねだるかのように締めつけてきた。

──う、うう、これ、出そうだよ。

膣粘膜の甘い収縮に、気を抜くと果ててしまいそうなほどだ。

瑛斗に跨がった澪の表情は緩み、瞳が熱く潤んだ。そうして瑛斗の抽送をねだるように、腰を揺さぶりつづけた。

——でも、最初は痛いって言うし。ど、どうしよう……うぅッ……。

澪を気遣って、瑛斗はピストンを我慢しつづけた。

＊

一方の澪は、破瓜の痛みも引いて、瑛斗に跨がったままで、抽送をじらされる格好になっていた。

——瑛斗ってば、どうして動いてくれないの？　この年頃の子って、犬みたいに盛りがついてるってよく聞くのに。

澪は腰をねっとりと揺さぶって、淫茎での責めを求めたが、瑛斗は必死に耐えているみたいだ。

「も、もういいわよ。瑛斗、ほら、動いて」

澪は切なげに腰を揺すって、膣への抽送をおねだりした。

焦らされている間にも、瑛斗のいきりを欲しがって、淫孔は甘く疼《うず》く。蜜が内奥からどぷどぷ溢れて、瑛斗の腰に水たまりを広げた。

「い、いいの？　せ、セックスしちゃうんだよ。ボクたち……」

「今さら、何言ってるのよ。あたしの処女を奪っておいて、それで終わりなの？　瑛斗は、女をやり捨てるヒドイ男なんだ？」

「うう、そういう訳じゃないけど……」

「じゃあ、して、してぇッ……思いきり瑛斗のオチ×ポで突いて、感じさせてッ！」

澪は瑛斗の上で、淫らに腰を遣いはじめた。

じゅぶじゅぶと淫猥な粘音が響き、巨根を咥《くわ》えこんだ淫唇からはだらだらと愛液が零れた。

「あ、あうう、ち、千歳さんに……セックスしてるのわかっちゃうよ」

「大丈夫よ……どうせ、奥の部屋で寝てるんでしょ？」

「だ、だけど……」

「瑛斗も男なら、叔母の一人ぐらい、ひいひい言わせて手籠《てご》めにしてみなさい。それに、お姉ちゃんにわかったからって何よ。あたしたちのセックス、見せつけてやればいいじゃない……あん、あんんッ！」

下腹部を上下させせて、瑛斗の屹立の逞しい存在を感じつづけた。その甘い愉悦が膣を蕩けさせて、さらに澪の腰使いを激しくさせた。

「もう、あたしの処女まで奪っておいて、情けないわね……ほら、瑛斗。もっと激しくして、奥まで突いてッ、ああ、あはぁ……」

艶めかしく下半身を揺り動かして、瑛斗の怒張を堪能しつづけた。

──その情けないのが、瑛斗の可愛いところなんだけど。昔から、本当に変わってないわよねえ。

澪は心の中で大きく溜め息を吐きながら、ふがいない甥を叱咤《しった》するかのように、激しく腰を振りたてた。

──お姉ちゃんに見られたら、確かに面倒臭いかもしれないけど、でも、あたしはそれでも構わないし。むしろ、見せつけたいぐらいよ。

上に跨がった澪の一方的な責めがつづき、瑛斗はされるがままだ。

「もう、瑛斗も動きなさい！　あたしばっかりにさせないでよ。なんか一方的すぎて、あたしが好かれてないみたいじゃない……」

澪は上下の動きを止めて、艶腰をグラインドさせるように前後左右にねっとりと揺さぶった。そうして、瑛斗を焦らすような責めをつづけた。

「はぁはぁッ、ほら、瑛斗……もう大人なら、男らしいところ見せてよ……」

澪自身も切なさに喘ぎながら、瑛斗の奮起《ふんき》を促した。

「あはッ、あはぁぁ、あたしのおま×こを、瑛斗のオチ×ポでめちゃくちゃに掻き混ぜて、感じさせて……あ、あたし、お姉ちゃんに見られてもぜんぜん、構わないし……」

「わかった。澪ねえを感じさせてあげるから……こ、後悔しないでよッ」

瑛斗は奮起し、腰を激しく突きあげてきた。

「んい、んいいいッ……」

屹立がずぶぶと膣の最奥に潜り、膣底を激しく叩いてきた。子宮が甘く揺さぶられ、鋭い愉悦が背筋を貫いた。

「あ、ああッ、いい、いい！　そうよ。もっと瑛斗のオチ×ポで、おま×こをぐちゃ混ぜにして……いっぱい感じさせてッ！」

澪は四肢を震わせて、切っ先が蜜壺を攪拌《かくはん》する悦楽に、その身を酔わせた。

「あはぁぁ、セックス、いい、いいのッ、気持ちいいの！　オチ×ポでおま×こをめちゃくちゃにされるの、たまらなく感じるッ！」

時に激しく、そして時にねっとりと、自分で動くのとは違う、予測もつかない責めに、澪は翻弄された。

そうして自らを悦ばせてくれているのが、最愛の甥の瑛斗であることがうれしかった。

——瑛斗。初めて会ったときは、本当にただのクソガキだったのに。もう、こんなに大きくなっちゃったんだ。

瑛斗の剛棒に膣をぐちゅぐちゅに掻き混ぜられながら、絶頂へと昇っていく。

「ああッ、ああーッ、もっと。瑛斗のオチ×ポ、もっとちょうだいっ！　可愛い瑛斗にいっぱい突かれて、い、イク！　あたし、イッちゃうぅぅ……」

釣られた魚のように女体をびくびくと跳ねさせながら、澪は歓喜の嬌声をあげつづけた。

「瑛斗、好き！　あたし、大好きな瑛斗の初めてをもらえて、幸せッ……」

「ボクも、澪ねえの処女、最高だよッ！」

ビーチベッドの上で騎乗位のまま、澪は激しく乱れ悶《もだ》えた。ベッドが震えて、金具の擦れ音がガチャガチャと鳴った。

「んひ、んひぃ……あたし、イク、イクぅぅ！　初セックスでイカされひゃうッ！　さっきまで処女だったはずなのに、アクメ決めちゃう……あ、ああ……」

「い、イクの、澪ねえッ、イッちゃうんだね！　ぼ、ボクもッ……」

腰同士が激しくぶつかりあい、お互いの名前を呼びあいながら、愉悦の頂《いただき》へ昇っていく。

身体を起こして、瑛斗は雄根を激しく突きあげてきた。初物《はつもの》だった澪の姫孔は男子高校生の荒々《あらあら》しいピストンに開発されて、淫らな雌孔に変えられつつあった。

瑛斗の逞しい腕に抱き締められながら、澪は腰を跳ねさせて、身悶えしつづける。

「も、もうダメぇ……あたし、社会人なのに……七つも年下の男子高校生にイカされひゃう……あぐ、あぐぐぅッ！」

澪はワンピース水着の高く張った乳房を瑛斗の顔に擦りつけ、彼の頭をぎゅっと抱き寄せた。

「もうイク、イクぅぅ……ほら瑛斗も、いっしょに、あ、あたしと……」

「うぐぐ、澪ねえのおっぱい……ああ、す、すごい……」

興奮した瑛斗の屹立が、ビクビクと射精の前動作で震える。それを意識の片隅に感じながら、澪は喜悦《きえつ》の頂へと飛翔《ひしょう》した。

「い、イグっ、イグのぉッ……あぁッ、あはぁあああぁーッ!!」

澪は背筋を美しく弓なりに反《そ》らせつつ、夜の中庭いっぱいに響く艶美な咆吼《ほうこう》とともに絶頂した。

「そらッ、中に出すよッ、んうぅッ!!」

同時に瑛斗も果てて、滾る白濁が澪の膣奥にどぷどぷと多量に放たれた。

──あ、瑛斗の精液が、中に……あんッ、うれしい……。

だが孕《はら》む心配よりも、膣奥へ瑛斗の精が注がれることの悦びが先立った。

ペニスがびくびくと膣内で脈動し、灼熱が内奥へ注がれつづけた。

──熱くて、濃い精液、いっぱいで、す、すごい……あはぁぁ……。

たっぷりと種付けされた悦びに、澪はぶるぶると身体を戦慄《わなな》かせた。秘洞を満たして精は逆流して、結合部からだらだらと溢れだした。

「んはぁぁ、瑛斗の精液、こんなにいっぱい出されちゃった……」

「本当だ、いっぱい出てる……澪ねえの中、すごく気持ちよかったから……」

自らの射精量に、瑛斗は戸惑っているみたいだ。

「ほらッ、まだ出せるわよね。瑛斗のザーメン、最後までちょうだいッ!」

「う、うん。いくよッ! んんんッ……」

唸《うな》りとともに瑛斗は腰を澪へ密着させて、残りの精を放ちきった。

──ああ、瑛斗。こんなにいっぱい! 出しすぎよ……。

白水着の胸元に顔を擦りつけながら、満足そうな吐息を漏らす瑛斗がたまらなく愛らしく思えて、澪は彼をぎゅっと抱き締めるのだった。

「あ、ああ。最高だったよ。澪ねえ……」

「あたしもよ、瑛斗。んふふ、もう子供扱いはできないわね」

澪は瑛斗の顎に指を引っかけて、彼の顔を上へ向かせると、その唇を貪り吸った。

「んう、澪ねえ、い、いきなり……」

「キスしたい気分なの。それとも、いや？」

「いやじゃないよ。繋がりながらのキス、すっごくやらしい……」

瑛斗は澪のキスに、激しいキスで応えてくれた。

ぬちゅぬちゅと粘膜同士が甘く擦れ、逆に瑛斗が唾液を澪の口腔へ流しこんできた。

──あ、もう。こんなことまで覚えて……。

澪は胸中に妖しいざわめきを覚えながら、流しこまれた唾を喉を鳴らして飲んだ。

──可愛いだけだと思ってたのに。瑛斗ったら、どんどん大人の男になっていって……。こんなのずるい。どんどん好きになっていっちゃうじゃない。

結合しながらの甘いキスを終えて、二人はゆっくりと唇を離した。蜜同士がねばっこく糸を引き、瑛斗の熱っぽい息が澪の唇を妖しく嬲った。

「あふぅ……瑛斗、好き……」

澪は弾んだ息を整えながら、大人になっていく少年をじっと見つめるのだった。

二人はそのまま抱きあって、互いの温もりを交換しながら、セックス後の甘い余韻《よいん》に浸《ひた》っていた。

そんなときだった。

建物のガラス戸が静かに開く音がした。

「え……？」

「……」

澪と瑛斗は、同時にそちらを見る。

予想どおり、そこに立っていたのは、千歳だった。

「な、何してるの、二人とも……」

千歳は驚きのあまり言葉を失っていた。澪は瑛斗の腰の上に跨がったままで、結合部からは、混合液が溢れだしていた。

「何って、見ればわかるでしょ？」

澪は立ちあがると、悪びれず言い返した。捩れた股間のハイレグ水着から、瑛斗の子種がだらりと滴って内腿を伝っていく。それさえ、見せつけたい気分だった。

「み、澪……あなた……」

千歳を挑発的に睨むと、千歳のほうが視線を外した。そうして、彼女の視線は瑛斗のほうへ向いた。

「あ……千歳さん、これは……その……」

瑛斗は傍目《はため》に見てもわかりやすいぐらい動揺していて、わたわたとビーチベッドから起きあがった。いつもの瑛斗らしくて、澪は苦笑してしまう。

「説明してもらえる？　瑛斗さん……」

千歳が静かに詰め寄った。瑛斗は押し黙ったまま、何も言えないみたいだ。

「え、えっと、これは……なんていうか……」

「それじゃあ、わからないわよ。ちゃんと説明して……」

一方の当事者である澪は、黙っていられなくて、つい割って入った。

「瑛斗が説明しないんなら、あたしがするわよ。それで満足でしょ、お姉ちゃん」

「澪にも、あとで話を聞きますから。着替えてきなさい……」

いつもは優しい姉の千歳だったが、怒りを押し殺していることが伝わってきた。

「あの、二人とも、ケンカは……」

「瑛斗さん。あなたにも原因があるんですよ……な、何ですか、その、汚らわしいものをぶらぶらさせてッ！」

千歳は瑛斗に向き直ると、抑えていた怒りをついに爆発させた。

「え、あ、その……ご、ごめんなさいッ！」

義母の迫力に押されて、瑛斗は後ろへ大きく下がった。

「瑛斗、危ない……」

澪がそう声をかけたときには、すでに遅かった。

「わわわわッ!!」

瑛斗はバランスを大きく崩《くず》し、そのまま後ろのプールへと転落した。激しい落水音が夜の静寂《せいじゃく》に響き、飛沫《ひまつ》がプールサイドを濡らしたのだった。

＊

ヴィラのリビングで、瑛斗は千歳の説教を受けている真っ最中だった。

濡れた服を着替え、身体を小さくして千歳の前に座っていた。静かに話しつづける千歳は、自宅にいるときの母親の顔をしていた。

——まあ、怒るよね。澪ねえと、セックスしてたんだから……。

その澪はさっさと寝室に行ってしまい、そこでふてくされて、お酒を飲んでいるようだ。

「澪は私の妹、つまり瑛斗さんの叔母なのよ。確かに年齢は近いし、恋人でもおかしくはないかもしれないけど……」

千歳はそこで考えこむように、いったん言葉を切ってから、再び口を開いた。

「でも、セックスはダメよ……しかも、澪とあんな汚らわしいことを……」

「汚らわしいことなの……？」

おとなしく千歳の話を聞いていた瑛斗だったが、つい抗弁《こうべん》してしまう。

澪との初めてのセックス、あのめくるめく夢のような甘い時間を、汚らわしいと即断されてしまって、さすがに憤《いきどお》りが押し殺せなかった。

「澪ねえとの、せ、セックス……すごく気持ちよかったし、澪ねえも優しくしてくれたよ。それに……恋人でもおかしくない年齢差なんでしょ。ボクも子供じゃないんだし、別にいいじゃない……」

怒りのままに、早口で捲したててしまう。

「瑛斗さん……でも、身内はよくないの……」

「でも、澪ねえと血は繋がってないし……」

「……そ、そうかもしれないけれど」

千歳は、瑛斗に気圧《けお》されたのかのように、押し黙ってしまう。

ただ瑛斗自身も、義母の千歳や義叔母の澪と血縁がないことを、自分の言葉で改《あらた》めて自覚させられてしまっていた。

——千歳さんが怒るのはわかるけど、でも……。

瑛斗も何も言いだせず、しばし沈黙の時間がつづいた。

ややあって、千歳は顔をあげると瑛斗の目を見据えて、口を開いた。

「ねえ、瑛斗さんは、澪のことが好きなの？　その、ほ、本当に好きなヒトなの……？」

「……え、その」

そう言われて、瑛斗は口ごもってしまう。

本当に好きなヒト、そう言われて思い浮かんだのは、目の前の義母、千歳だ。

つい、瑛斗は彼女をじっと見てしまう。

「……瑛斗さん。なによ、そんな目で見て。お説教の最中なのよ……」

千歳はじっと見られて、戸惑ったような顔をした。

「うん……ご、ごめん……」

ただその場で、千歳が好きだとはさすがに言いだせなくて、瑛斗は沈黙してしまうのだった。

——血が繋がってないんなら、千歳さんとだって……。

子供の頃から、ずっと母親として接してきた千歳と、いけない関係になる妄想をしてしまう。けれど、気持ちの上でどこかブレーキがかかってしまい、それ以上行動には移せないのだった。

*

その夜、千歳は一人眠れずにいた。

隣のベッドに寝た澪はお酒のせいか、ぐっすり眠ったままだ。島の夜は静かで、ビーチの波の音が、かすかに遠くから聞こえていた。

——親として叱《しか》ったけど、少し言いすぎたかしら……。

澪と瑛斗の淫らな行為を見て、とっさに湧き起こったのは、嫉妬《しっと》の感情だった。自分の男を、瑛斗を取られたという気持ちが強かった。母親としての理性的な言動は完全にあと付けだ。

それは、千歳自身が一番よくわかっていた。

——二人の声、ケダモノみたいで……セックスって、あんなに激しいものだったかしら……。

亡くなってしまった夫とのセックスは、千歳にとって遠い昔の幻《まぼろし》のようなものだった。だから、澪と瑛斗、若い肉体同士のぶつかりあいは、千歳にとって刺激が強すぎた。

目を閉じると、二人の淫靡な秘め事が思いだされて、千歳の秘筒は甘く疼いた。内奥から蜜が滲み、淫唇がじんわりと湿り気を帯びるのがわかった。

——澪も、よりにもよって瑛斗さんと……。

千歳は股にずぶずぶと指先を埋《うず》めて、かすかに濡れた秘部を撫ではじめた。

夫を亡くして三年。熟れた身体の火照《ほて》りが鎮《しず》まらないときには、自ら慰《なぐさ》めることが習慣になっていた。

——こんな、いけないことなのに。

頭ではわかっていても、自慰の手を止めることはできない。

旅先で、しかも隣に妹の澪が寝ているにも関わらず、妖しく指先を躍らせて、秘口を浅く掻き混ぜてしまう。

溢れた蜜が指先にねっとりと絡んで、動きがいっそうスムーズになっていく。濡れた自らの蜜壺のいやらしさに、千歳はまた昂り、自慰を激しくした。

──あ、ああ……だ、ダメ、もっと欲しい。瑛斗さんが欲しいの……。

千歳が思い描く相手は、夫ではなく瑛斗だ。

高校生になって、男らしい身体つきに落ち着いた雰囲気と、彼に男を感じることが多くなってきた。

──三十路を過ぎて、息子をオカズに自慰に耽《ふけ》ってしまうなんて、いけないことなのに。でも、やめられない……。

若い高校生の肉体が自分を組み敷き、力強く怒張を突きたててくる様《さま》を思いながら、指先を蜜壺の奥深くまで突きいれた。

溢れたラブジュースの淫音がぐちゅぐちゅと響き、蜜が指の股にまで滴って、手のひらを濡らした。

身体の芯についた火が、次第に激しく燃え盛っていく。頬が上気し、呼気が乱れた。

──ああ、こんなに乱れてしまって。澪に聞こえてしまう。

隣に妹が寝ていることがわかっていても、自慰の愉悦に引きずられて、その指の動きを止められないでいた。

──瑛斗さんのオチ×ポ……。け、汚らわしいなんて、弾みで言ってしまったけど。太くて、逞しくて、素敵だった……。

あのペニスで、めちゃくちゃにされたい。

子宮まで揺さぶられてセックスのこと以外、何も考えられないメスにされたいと、千歳は思った。

──あくッ……え、瑛斗さん。もっと、して。思いきり、私の中を突いて……。

妄想の中で、千歳は瑛斗のいきりに貫かれたまま、膣粘膜が裏返りそうなほどの激しい抽送を受けつづけた。

子宮口が切っ先に幾度も叩かれ、イメージの中でアクメを決めつづける。

──あはッ、あはぁぁッ……い、イク。瑛斗さんに、息子に、イカされてしまう。

クリトリスは勃起し、痛いほど硬く張りつめていた。千歳は手指を濡らした淫蜜を勃起した秘芯に擦りつけて、そのままいじりつづけた。

──こんなところで、本当に、は、果ててしまう。

はぁはぁと荒く息が漏れ、細眉が快楽に懊悩《おうのう》するかのように美しく歪んだ。千歳の蕩けきった身体は、イキたい、イキたいと叫んでいた。

激しい自慰の最後の仕上げとばかり、千歳はクリトリスの包皮を剝いて、直接敏感な秘果を指の腹で擦った。

ひと撫でごとに、鋭い愉悦が背すじを貫き、ひいひいと喘ぐので精一杯だ。

「……あ、ああッ……もうッ……」

千歳はいつの間にか、昂りを口にしながら、自身のクリトリスを強く摘《つ》まみあげた。

まるで火串を突きこまれたみたいに、快美が下腹部から脳天へ突き抜けた。

「あ、ああーッ！」

誰かに聞かれることも構わず、背すじを美しくブリッジさせながら、千歳は孤独に果てるのだった。

「す、好き……瑛斗さん……」

達して脱力しきった千歳は、ベッドにその身を横たえながら、そう漏らす。

そうして千歳は、自慰後の気だるさにぐったりと身を任せた。

やがて甘い陶酔が薄れると、ふしだらな自慰行為に息子を使ってしまった罪悪感が、少しずつ頭をもたげてきた。

——ああ、瑛斗さんを思って、オナニーしてしまうだなんて……こんなダメなママを許して……。

千歳はかすかにまどろみを覚えながらも、心の中で瑛斗に謝罪する。

母親の顔を捨てて、女として瑛斗の胸に飛びこんでいけたら、どんなに幸せだろうか。けれど彼女の立場が、それを許さなかった。

そんな瑛斗との暮らしも、あと数カ月で終わる。彼が大学進学のために遠方へ行ってしまうからだ。

瑛斗がいなくなる寂しさに、自らをぎゅっと抱き締めながら、千歳は深い眠りの淵へと落ちていくのだった。

第三章　熟義母と禁断の子宮合体

翌日。瑛斗と千歳はレンタカーで、スノーケリングのスポットへと向かった。

本来は三人で行く予定だったが、澪は酒量が過ぎたのか、二日酔いで完全にノックダウンしていた。

車にウエットスーツやちょっとした装備を積んで、島の北側へ向かう。千歳は若い頃、幾度か島に遊びに来ていて、そのときに見つけた秘密のスポットらしい。海の側に車を停めると、そこで二人はウエットスーツに着替えた。

「お待たせ、瑛斗さん」

黒と紫を基調にしたウエットスーツを着た千歳はアクティブな印象で、普段の柔和で家庭的な雰囲気とはまた違った魅力があった。

「へえ、千歳さん。ウエットスーツを着ると、ぜんぜん違う……」

瑛斗は彼女の凛々《りり》しい姿に、じっと見入ってしまう。

ぴっちりと身体の線を描いたタイトなウエットスーツは、千歳の砲弾型の乳房のラインや、悩ましい腰から丸いヒップにかけてのラインを、しっかりと強調していた。スーツは前にファスナーのある長袖タイプで、保温のため首元までしっかりと覆われていた。下半身も腿の半ばまで覆うスパッツのようなタイプで、露出度は高くない。それゆえに、半ばから剝きだしになった太腿部から、脹脛《ふくらはぎ》の抜けるように白い肌の目映《まばゆ》い美しさが強調されていた。

同時に、肌にぴったりと添った股内のくっきりとした優美な線が、生々しくも溌剌とした色っぽさを感じさせた。

「何……変だったかしら？　これでも学生時代は、いつも海に潜ってたのよ」

「ううん、ぜんぜん変じゃないよ。むしろ格好よくて、その……ちょっとセクシーで。とにかく最高だよ！」

「んふふ、お世辞を言っても何も出ないわよ。とにかく、行きましょう」

千歳は、いつもの朗《ほが》らかな笑みを見せる。

「うん、行こう」

昨日、叱られてから、互いに口数が少なくなっていただけに、瑛斗は彼女の笑顔に少し気が楽になった。

車を停めた場所から、少し岩場を下った場所に秘密めいた小さな砂浜があって、そこから二人は海へとアプローチした。

フィンやマスクを付けて、水中から呼吸するためのスノーケルを咥えた。

そうして、千歳のあとにつづいて泳ぎはじめた。

「ほら、こっちよ。ゆっくりでいいから」

「う、うん……」

義母に手を引かれて、少しずつ、深いところへ泳いでいく。

足が立つギリギリのところまで進んでから、瑛斗はいったん顔をあげた。

——すごい、千歳さん。どんどん先へ行っちゃう。

千歳は足の届かない深みへと、ぐいぐい潜っていった。

青く澄《す》んだ海の中を、身体を巧みにくねらせて、長い髪をなびかせながら優雅に泳ぐ様は、まるで人魚だ。

慣れない瑛斗は深く潜ることはできず、浅い場所を泳ぎながら、海の世界を窺《うかが》うのが精一杯だった。

それでも陸《おか》とはまったく違う、海の景色を楽しむことができた。

透明度の高い海中は、遙《はる》か向こうまで見通せて、遠くへ行くほどに、空の果てのような深い青色をしていた。

そうして浅い海底には、平べったいテーブルサンゴが延々《えんえん》と広がり、その上を黄色の鮮やかなチョウチョウオが泳ぎまわっていた。

向こうには、真っ赤なキンギョハナダイの魚群が見え、その手前をあでやかな深紫のルリスズメダイの群れが横切っていった。

足元にはイソギンチャクが群生《ぐんせい》し、その中を黄色と黒のコントラストが美しいクマノミが出たり入ったりしていた。

――綺麗だ。こんな場所が本当にあるんだ。

テレビやネットでしか観たことのない、色鮮やかな熱帯の海が目の前に広がっていて、そこにいる生き物の多様さと色鮮やかさに圧倒されてしまう。

ふと目の前を見ると、親指ぐらいの大きさの黄色いハコフグらしき小魚が近づいてきて、無警戒にそっと寄ってくる。

瑛斗は少し海中に身体を沈めて、その愛らしいハコフグのユーモラスな動きを眺めていた。

すると、千歳が近くまで戻ってきて、トントンと瑛斗の肩を叩いた。

――えっと……。

海中で振りむいた瑛斗に、イセエビみたいな極彩色《ごくさいしき》の巨大な生き物がぐいと突きつけられる。薄緑のボディに白や黒のラインが走り、無数の足が蠢いていた。

「うわあああぁッ!!」

いきなり眼前に出現した巨大エビに驚いて、瑛斗はスノーケルを吐きだしそうになってしまう。

呼吸を乱した瑛斗は慌てて海中から顔をあげ、新鮮な空気を吸った。

すぐに千歳も、海面に顔を出した。

「び、びっくりさせないでよ……な、なに、そのエビは？」

「んふふ、ゴシキエビよ。びっくり大成功ね！」

マスクで表情は見えなかったが、笑っているのは明らかだ。

「本当に驚いたよ。いきなりモンスターみたいなエビを見せられるなんて……」

「……ごめんなさい。そんなに驚くとは思わなくて」

瑛斗のあまりの驚きっぷりに、さすがに悪いと思ったらしい。千歳は申し訳なさそうに謝った。

「ねえ、瑛斗さん。もっと向こうに行ってみない？　とっておきの場所があるのよ」

千歳のサポートを受けながら、さらに深い場所へと泳いでいく。流れのゆるやかな場所だったが、慣れない瑛斗は少し進むにも四苦八苦してしまう。

泳いだ先にある海沿いの岩場には、大きく洞窟が口を開けていた。

「こっちよ」

千歳に連れられて、泳いで入っていく。洞窟の中には太陽の光が入ってきていて、日陰程度の暗さだ。

光は海中にまで差しこんで、海底を真っ青に照らしだしていた。その深いブルーは、溜め息をつくほど美しかった。

脇の千歳を見ると、綺麗でしょと言わんばかりに、手のひらであたりの光景を示してみせた。

そのまま洞窟の奥に進むにつれて水深が浅くなり、砂地が奥までつづいていた。立てるほどの深さになると、二人は歩いて奥へ進んだ。

そうして、こぢんまりした浜辺にたどり着くと、千歳はマスクを取って腰を下ろした。

「いい場所でしょう？　ガイドブックには載っていない秘密の場所よ。ほら、瑛斗さんもこっちへ来て、座ったら？」

千歳に促されて、瑛斗はその隣に腰を下ろした。

「あ、う、うん……」

千歳は装備を外して、ウエットスーツだけの姿になる。瑛斗も彼女に倣《なら》い装備を取って、流されないように陸側へ置いた。

小さな砂浜に、かすかに差しこむ太陽の光。確かに千歳の言うとおり、秘密の場所という感じがした。

恋人が人目を避けて会うのには丁度いい感じがしたが、さすがに口に出すのは憚《はばか》られた。

「静かだよね、波の音しかしない……」

「本当ね。世界に私たちしかいないみたいね……」

千歳が感慨深げに呟きながら、そっと瑛斗へ身を寄せてきた。ウエットスーツ越しに義母の存在が強く意識された。

秘密の場所で二人きりという事実を改めて自覚し、胸の鼓動が少し速くなった。

千歳は濡れて落ちかかった長い髪を掻きあげて、背中へとやった。彼女の艶めかしいうなじがかすかに覗き、そこから顎先へかけての優美な横顔に、じっと見入ってしまう。

――やっぱり綺麗だよね、千歳さん。ママじゃなかったら、押し倒してると思う。い、いや、ママでも……。

濡れた千歳の美貌は、普段以上に艶然とした魅力に溢れていて、その瑞々しい首筋へ口づけしたくなる衝動に必死で耐えた。

さすがにその視線に気づいたのか、千歳はちらりと落ち着いた様子で瑛斗を見る。そうしてまるで瑛斗の本気を試すかのように、軽く睨んで見せた。

――う、気づいたかな。

瑛斗はすぐに腰砕けになって、何でもなかったかのように、海のほうへ目を逸らした。潮が満ちて、少しずつ水位が上がってきていた。

「ねえ、瑛斗さん。昨日のことなんだけど……」

「え？」

「やっぱり、澪が好きなの？　私、それならそれで、いいかなって思って……昨日は、身内だからダメって言っちゃったけど……」

千歳はそう言いながらも、瑛斗へ身体をもたれかけてきた。海の潮の香りが千歳の身体から漂ってきて、それが瑛斗の官能を掻きたてた。

「ち、違うよ！　澪ねえも、嫌いじゃないけど。す、好きなのは……」

「好きなのは？」

千歳はじっと、瑛斗を見据えてきた。

本人を前にして、瑛斗は一瞬、言葉に詰まった。

――ここで言わないと。

義母に告白できる機会が、そうそう巡ってくるとは思えなかった。

それに来年大学に進学すれば、しばらくは生活もバラバラだ。思いを告げずに、離ればなれになりたくなかった。

瑛斗は意を決して、口を開いた。

「す、好きなのは……ち、千歳さんだよ」

「……わ、私？」

さすがに千歳は驚いたみたいで、鳩が豆鉄砲を喰らったような顔をしていた。

十歳の頃からずっといっしょに暮らしていた義母は、顔さえ覚えていない瑛斗の実の母親以上の存在だった。

だからこそ瑛斗は秘めた思いを、ずっと口にできずにいた。

「そ、そんな……瑛斗さんが私のことを……」

我に返ったのか、千歳は顔を耳まで真っ赤にして、瑛斗から目を背けた。ただ身体はずっと自分のほうへ預けてくれていた。

「ね、瑛斗さん……冗談よね……？」

「違う。ボクは本気だよ……千歳さんと、ま、ママとこうしたいんだ！」

千歳の顎に手をかけると、彼女の唇を奪いにかかった。

「だ、ダメ、それ以上迫られたら……んんッ……」

唇を強く押しつけられると、千歳はもう抵抗しなくなった。

——ママと、ずっと、こうしたかったんだ。

瑛斗はそのまま、ケダモノのように千歳の唇を貪りつづけた。

「んう、んうう……千歳さん、好きだ……」

「あふぅ、んうう、瑛斗さん……すごく一生懸命なキス。そんなキスされてしまうと、もうあと戻りできなくなってしまう……」

千歳はもう何の抵抗も見せず、瑛斗にキスされるがままだ。絡めあった唇の端から切なげな吐息を漏らし、瑛斗との口づけに明らかに興奮していた。

——キスで感じてくれてるの？

義母はキスで昂って、瑛斗の唇をねっとりと吸いかえしてきた。千歳の唇粘膜が妖しく絡み、唾液がちゅるると吸われた。

家庭的な義母が普段、絶対にすることない淫蕩な行為に、瑛斗は狂おしいほどの昂りを覚えた。

——ママのキス、甘くて、最高だ。

瑛斗が千歳の唇を吸い、その口腔へ舌を差しいれると、彼女はその舌をちゅぱちゅぱと吸いたててくる。

淫猥な吸音が響き、千歳のバキュームは次第にはげしく淫靡なものになった。舌を持っていかれそうなほど、激しく吸われて解放される。

——なんて、いやらしさなんだ……これが大人のキス……。

舌バキュームの繰り返しは、まるで愛おしいペニスへのフェラを思わせ、その舌遣いの艶めかしさに、瑛斗は手玉に取られてしまっていた。

「んん、瑛斗さん……もう、私、我慢できない。こんな淫らな母親でごめんなさい……」

千歳の舌が逆に瑛斗の口腔に淫靡に潜りこみ、彼の舌に妖しく巻きつく。そのまま舌粘膜同士がぬちゅぬちゅと擦りあわされて、溢れた唾液を互いに交換した。

——ママの唾液が口の中にいっぱい、んんッ。

瑛斗は流しこまれた千歳の濃厚な蜜を飲み干すと、彼女の中へ自分の唾液を送りこんだ。

「もう、こんなことを覚えて……ああ、瑛斗さん、めっ、ですよ……んじゅるる」

息を乱しながら、千歳は流しこまれる唾液を積極的に啜り飲んだ。

――こんなキスされたら、もう千歳さんから離れられない……。

義母の巧みなキステクニックに感じさせられて、瑛斗は雄根を大きくした。

唇をゆっくりと離しながら、千歳は熱い呼気を漏らした。頬は上気し、その瞳は艶めかしく潤んでいた。

キス直後の義母の妖しい美しさに、屹立は痛いほど張り詰めて、ウエットスーツの前は大きな膨らみを見せた。

「瑛斗さん、大きくしてる……」

瑛斗の膨らみに気づいたのか、千歳がそっと股間へ手を這わせてきた。

「あ、う、うん……そうだけど」

盛りあがった下腹部に千歳の指先が絡み、丹念《たんねん》に撫であげられていく。ウエットスーツ越しに、しなやかな指先が甘く絡みついてきた。

屹立に流しこまれる蕩けるような快感に、情けない声が溢れた。

「んふふ、エッチな声、出してるわよ。ねえ、気持ちいい？」

「うん……すごくいいよ……」

瑛斗の反応に興奮したのか、千歳の手淫は激しさを増した。

股間への愛撫で幹竿は雄々《おお》しくそり返って、ウエットスーツへその形を生々しく浮きださせた。

スーツ越しに怒張をまさぐられながら、千歳に唇を奪われてしまう。ぷるんとした柔唇をぐっと押しつけられて、瑛斗は高揚のあまり窒息しそうになった。

あの真面目そうな義母とは思えない積極さに、瑛斗は戸惑ってしまう。

「……千歳さん、すごくエッチで……ボクの知ってる千歳さんじゃないみたい」

「これも、私よ。瑛斗さんが、こんなにいけない気持ちにさせたのよ……」

千歳は唇をゆっくりと離す。キスの濃厚さを示すかのように、唾が糸を引いた。そのまま千歳は、瑛斗のウエットスーツの喉元のファスナーを下ろすと、露出した首筋にぺちゃぺちゃと舌を這わせていく。

はふはふと、義母の獣《けもの》めいた荒い息遣いが間際で聞こえ、呼気が瑛斗の横顔を嬲った。そうして、膨れたペニスを手のひらで包みこみながら、耳元で千歳が呼気混じりに囁いてきた。

「……瑛斗さんのここ、すっごく切なそう……ビクビクってしてるのが、伝わってきてる」

「そうだよ……千歳さんに撫でられて、大きくなっちゃったんだ」

瑛斗は下腹部をかすかに突きあげて、義母のしなやかな手指に股間を擦りつけ、その甘い感触を楽しむ。

「ねえ、千歳さん……手で直接してよ」

「ええ、わかったわ……」

うっとりとした表情で答えると、千歳は瑛斗のウエットスーツの胸元のファスナーをずり下ろし、前側を開いていく。

瑛斗の引き締まった胸板や腹が覗き、一番下の下腹部までファスナーが開ききると、隆起したペニスが解放された。

下腹部を叩かんばかりに反った逸物に、千歳は手指をそっと巻きつかせて、その指先で切っ先を丁寧に愛撫していく。

「うッ……ううッ……」

瑛斗は、千歳の手コキに呻きを漏らした。

綺麗に手入れされた千歳の爪先は、自然な照りと光沢のある貴《たっと》い美しさで、それがペニスをしごきたてていると思うだけで、際限なく昂ってしまう。

すでに先走り汁を滲ませた亀頭は、千歳の指に撫であげられて、さらにカウパーを溢れさせた。

軽く噴きあがった我慢汁が、千歳の麗しい手爪をねっとりと汚した。艶やかに磨きあげられた指先へ体液が絡む様を見て、瑛斗の胸の奥は興奮で妖しくざわめいた。

「あんッ……先っぽからお汁が零れて……まだ、出てる……」

「く、くうッ……ママ、指でそんなにしたらッ」

鈴口から分泌される蜜を指の腹で薄く雁首全体へ広げながら、昂ぶりに蕩けた瞳を瑛斗へ向けてきた。息はかすかに乱れ、熱っぽい吐息が唇から漏れた。

「私の指で、気持ちよくなってくれてるのよね……ああ、うれしい……」

千歳はカウパーで粘ついた指先を口元へ持っていくと、陶酔しきった顔でれろりと舐めしゃぶるのだった。

「あふ、これが瑛斗さんの精子。すごくいやらしい味と、香り。ますますエッチな気分になってきちゃう……」

そうして、顔を切っ先へ近づけて、すんすんと匂いを嗅ぐ仕草をしてみせた。

「ねえ、瑛斗さん。その……お、お口で、してあげるわね……」

「え、口で……そんな……あ……」

瑛斗が止める間もなく、千歳は幹竿を咥えこんでしまう。瑛斗はただ目を白黒させて、義母の淫らなフェラチオにされるがままになった。

「あ……うぅッ……ママがボクのチ×ポを口で咥えて……そんなこと……」

「いいの、私がしたいのよ……瑛斗さんは、私に任せて、もっと気持ちよくなって。んんッ……んちゅ、ちゅぱッ……」

千歳はペニスを頬張ったまま、舌の上で剛直を愛おしげに転がした。

舌先が鈴口をちろちろと舐めあげ、雁首をねっとりとしゃぶって、張ったエラの裏側を穿《ほじ》るように丹念に突いてきた。

——うう、そんなところまで。ママがいやらしくフェラしてくれてる。

千歳の淫らなフェラ行為に昂り、雄槍は義母の口腔内でぎゅんと硬くそり返った。

「んううッ、もう……まだ大きくなって……んッ、す、すごい……」

「ママ、む、ムリしないで……」

「はふ、はふぅ……大丈夫……私が、んふぅ、おしゃぶりしたいの……」

息苦しそうにしながらも、千歳は瑛斗を咥えこんだまま、その口腔粘膜で愛しつづけた。

「あふッ……瑛斗さんのオチ×チン、本当に立派になったわよねえ……」

剛直から口を離すと、そそり立った剛棒をまじまじと見た。

「瑛斗さんのこんな素敵なモノを、汚らわしいものだなんて言ってしまって、ごめんなさい……あれは、モノの弾みで出てしまったの。許して……」

「いいよ。ボクは気にしてないから」

「ああ、よかった。ずっと気にしてたの……」

千歳は幹竿の胴体を横咥えして、ぢゅぱぢゅぱと、いやらしく吸いはじめた。

「ほ、本当は……瑛斗さんの大きさに、びっくりしてしまったの。こんな素敵なオチ×チンなのに、ごめんなさい……んちゅ、ちゅッ、んちゅばッ」

必死に謝罪するかのように、千歳はペニスの根元から先まで、キスの雨を降らせた。ちゅばちゅばと、屹立をついばまれるたびに、竿胴がビクんビクんと戦慄き、甘いキスマークが怒張を彩った。

「あう、あううッ……ママがチ×ポにキスする姿、すごくエッチだよ……こんなにママがエッチな女だったなんて、いっしょに暮らしていたのに知らなかった」

「……もう、エッチって何度も言わないで。それにさっきからママって呼ばれるたびに、大人の瑛斗さんじゃなくって、もっと小さな頃の瑛くんの前で……え、エッチなことしてるみたいで。ああ、たまらなく恥ずかしい……」

「じゃあ、もっと恥ずかしくなって。ママもボクのこと、昔みたいに呼んでよ……」

「んちゅ、ちゅッ。もう、瑛くんったら……勝手な子……」

千歳の言うとおり、お互いをさん付けで呼ぼうと言いだしたのは瑛斗だ。いつの頃からか、ママと呼ぶのが気恥ずかしくなって、そう呼びだしたのだ。

ママ、瑛くんと、幼い頃の呼び方をして、不思議と互いの距離が縮まった気がした。

「じゃあ、勝手ついでに……き、キスだけじゃなくて、ママの口でしてほしいんだ」

「お、お口で……瑛くんのオチ×チンを……わ、わかったわ。んぅうッ……」

耳まで真っ赤に染めながら、千歳は雁首をおずおずと咥えこむ。そのまま上目遣いで、瑛斗に潤んだ視線を投げかけてきた。

「んぅう、い、いくわよ……」

「うん、お願い……」

瑛斗が穂先で口蓋《こうがい》を擦りたてるのを合図に、千歳は頭を揺さぶってディープフェラを開始した。

「んふぅ、んんッ、んちゅッ……ちゅば、ちゅばッ……」

潮が少しずつ満ちるなか、波の音と義母の立てる淫猥なフェラの音だけが、洞窟内に大きく響いた。

千歳は唇をはしたなく窄《すぼ》めて、息子のチ×ポに激しく吸いつく。ぢゅばぢゅばと激しい吸音が鳴り、雁首の張りだしがしごきたてられた。

唾液に濡れた剛直が、美しい義母の朱唇《しゅしん》から出たり入ったりを繰り返す。

「んふ、ぢゅる……ん、んっふぅぅ……ぢゅるるッ……」

口を突きだしながらのディープスロートに、義母の上品な美貌は妖しく歪んだ。

幹竿に吸いつくように、窄まった唇の端から涎《よだれ》が滴り落ちて、千歳の艶然とした美しさに華を添えた。

さらに千歳のフェラは激しくなり、唇粘膜がにゅるにゅるとエラを擦りたててきた。

「うくぅッ……うう……」

射精衝動の激しさに、腰がかすかに浮いてしまう。精液が幹竿の内を圧迫して、外へ飛びでようとした。

──うう、で、出そうだけど……。

フェラする千歳の横顔へ手を添えて、瑛斗はその行為を止めた。そうして暴発寸前のいきりを、彼女の口から引き抜いた。

「あん、瑛くん、まだ、出してないわよ……」

「出すなら、ママの中に出したいんだ」

「……わ、私の中で……」

千歳は惚《ほう》けきった表情のまま、じっと瑛斗を見た。

「うん……ママのおま×この中でね」

瑛斗は千歳のウエットスーツのファスナーを下ろして、前を大きく開いた。

「あ……そ、そんな……」

「ママの裸、やっぱり綺麗だよ……」

開かれたスーツの間から覗くのは、千歳の熟れきった艶めかしい柔肌だ。

そのまま両手で千歳の胸元をぐいっと押し拡げて、その下のビキニブラをずらした。

ブラからぷるんと、眩しいほどに白く艶やかなドームが零れだし、その半円球が形作る妖美な谷間が覗いた。

「本当に綺麗……」

義母の絹地のような乳肌に吸いこまれるように、瑛斗は千歳のデコルテのあたりに口づけした。

そうして欲望の滾りに任せて、ぺちゃぺちゃと舌を這わせた。汗と潮の匂いが妖しく香りたち、官能的な気持ちはさらに激しく昂った。

そのまま、スーツ下のたわわな乳塊を鷲づかみにすると、指の股から豊かな乳肉がはみだしてくるのがわかった。

指を乳球へ埋めて、むにゅりむにゅりと、淫靡に形を変える乳房の感触を存分に楽しみながら、そのままウエットスーツの外へずるりと引きだした。

白日の下《もと》に晒された双乳は、ぷるんとゼリーのように瑞々しい震えを見せて、瑛斗を強烈に誘った。

義母のウエットスーツの襟を肩まで拡げながら、豊かな膨らみに顔を埋め、肌に吸いつくような柔らかな感触に耽溺した。

「あふぅ……もう、瑛くん。こんなに大きいのに、甘えん坊さんなんだから……」

千歳は胸乳に顔を擦りつける息子に、母性をくすぐられたみたいで、その頭を幼児《おさなご》のように撫でてきた。千歳の手が何度も頭を撫で、髪を優しくとかしてくれる。

「んんッ、ママ。また子供扱いして……」

瑛斗は気恥ずかしさと、うれしさの入り交じった思いで、千歳の胸にじゃれつきながら、彼女のスーツをずり下ろして諸肌《もろはだ》を露出させると、そのまま腰まで引きさげていく。

「ああ、もう瑛くん。は、恥ずかしい……」

脱がされる羞恥に千歳は身悶えし、上半身を揺さぶった。乳頭が硬く尖り、瑛斗はそれをちゅぱちゅぱと吸いたてた。

「んッ、あふぅ、乳首は……んぅッ、感じてしまうから……あぁッ、ダメ、ダメぇ……」

艶めかしく女体を震わせて、千歳は身悶えしつづけた。自分の責めで乱れ、淫靡に花開いていく義母に、瑛斗はますます昂った。

「そんな声、出されたら……我慢できるわけないじゃない」

「だ、だって、声は勝手に出てしまうもの……あん、あんんッ、あはぁ……」

瑛斗が左右の乳房を交互に吸いたてるたびに、千歳は淫らな喘ぎを漏らし、高く張ったバストを妖しく揺さぶった。

半《なか》ば脱げたウエットスーツから剝きだしになった女の裸体は、蛹《さなぎ》から羽化しかかった蝶のような、妖しい艶めかしさを感じさせた。

そうしてビキニのかすかな日焼け痕が、義母の生白い肌をいやらしく彩っていた。

義母の妖美な姿に、瑛斗の剛直はいっそう奮いたち、彼女を支配したい衝動に駆られた。

「ママ、ほら後ろを向いて。お尻をこっちに出して……」

千歳は促されるままに、砂浜の上に四つん這いになって、素直にスーツに包まれた巨尻を瑛斗へ向けた。

「もっと、お尻を高くあげてよ」

「え、こ、こうでいいの？　この格好、恥ずかしい……」

そう口にするものの、すでに発情しきった彼女は、瑛斗の言いなりだ。千歳が手と膝を突いたところへ、潮がかすかに満ちてきていた。

「やっぱり、最後まで、するの……？」

「そうだよ、ママを犯すんだよ」

犯す——そう大胆な言葉を口にして、瑛斗は自分を奮いたたせた。義母を支配する背徳的な悦びが胸中を満たした。

もう、あとに引くつもりはなかった。

瑛斗は千歳のウエットスーツをビキニショーツごと引き下ろして、優美な丸みの双尻を露出させた。

スーツに包まれていた義母の臀部はしっとりと濡れて、濃厚な潮の香りをあたりに漂わせた。柔らかく熟しきった尻たぶは、誘うように妖しい震えを見せた。

「瑛くん……やっぱり、いけないわよ……私、瑛くんが小学生の頃から知ってるのよ。自分の子供同然なのに、そ、そんな子に犯されちゃうなんて……」

「……ここまで来て、もう遅いよ。やっとママが、ボクのものになるんだ」

恍惚《こうこつ》に身を任せながら、千歳の豊かなヒップを撫でまわす。張りと柔らかさが渾然《こんぜん》一体となって、瑛斗の手のひらに伝わってきた。

「あんッ、瑛くん。めっ、よ……」

高く掲《かか》げた尻を、ねっとりと愛撫される羞恥に、千歳は身を捩って逃げようとした。けれど半脱ぎのウエットスーツが両腿を拘束して、自由に身動きが取れないでいた。

──ずっと憧れて、ボクには手が届かないと思ってた。けど、そのママをやっとボクのものにできるんだ。

隆々《りゆうりゆう》とそり返った雄根を千歳の尻たぶに押しつけ、興奮のあまり尻の狭隘《きようあい》に擦りつけてしまう。カウパーはとめどなく溢れて、その谷間を淫猥に濡らした。

「あ、ああ……ねえ、瑛くん。親子なのよ、私たち。なのに……セックスは。オチ×チンを中に、い、入れるのは……よくないことよ……」

千歳の膣口は言葉とは裏腹にぐっしょりと潤っていて、内腿から蜜が滴り落ちた。千歳はむっちりと張った尻たぶを妖しく揺さぶってみせた。その痴態は、瑛斗を淫らに誘っているようにしか見えない。

「ずるいよ、ママ……ひとりだけ、いい子にならないでほしいな」

「そんな……、いい子になんて……あふ、あふぅぅ……」

いい子になんてなっていない。そう主張したかったのだろうけれど、そり返った幹竿の胴でラヴィアを擦りあげられて、その言葉が打ち消されてしまう。

「もう、ママはボクのものなんだ！」

瑛斗が亀頭をぐっと千歳のクレヴァスへ押しつけるが、千歳はそれ以上、何も抵抗しなかった。息子に蹂躙《じゅうりん》されるがままで、メスの昂った喘ぎが切れぎれに漏れた。

「やっと、ママを……」

そのままエラが張った雁首を義母の膣へ、ずぶずぶと沈めていく。絡みつく膣粘膜がたまらなく心地よくて、育ての母を犯す感慨に酔い痴れた。

「あ……ああ……瑛くんが、な、中に来てぇぇ……おま×こ、いっぱいで……はふッ、はふぅぅ……瑛くんのオチ×チン、ぜ、全部、入っちゃったぁ……」

大きく息を吐きながら、千歳はバックスタイルで、瑛斗を受けいれた。

「うう、これが、ママの中……すごく温かくて、エッチに締めつけてきてる……」

蕩けきった表情で、尻を左右に揺する千歳を見下ろしながら、瑛斗は義母を手中にした背徳と恍惚に、燃えさかる炎のような昂りを覚えた。

「行くよ、ママっ……んんッ！」

興奮のまま、雄槍を奥へと突きこみ、子宮口をこじ開けんばかりに穂先を押しこんだ。

「んいいッ……い、いきなり、奥までッ……？」

「だって、ママのおま×こ、すごい吸いついてきてッ。身体はすごくオチ×ポを欲しがってるみたいだね」

数年ぶりに受け入れる屹立に、義母の膣ヒダはいやらしく蠢いて、さらなるピストンを欲《ほっ》していた。

「我慢できないよ。欲しがるママが、悪いんだからねッ」

瑛斗は義母の淫乱な膣にせがまれるように、腰を遣いはじめた。

ほぐれきった熟女の膣は淫らな粘音を立て、その結合部から濃厚なラブジュースをだらしなく滴らせた。

「ああ、あああッ、急に激しくされたらッ、あひ、あひぃぃッ！　瑛くんの、息子のオチ×チンに、おま×こを掻き混ぜられて、あはぁぁ……こんな、いけないことなのに、感じてしまって……」

膣を掻き混ぜる剛直に、千歳は甘い喘ぎを漏らし、双臀を振り乱した。抽送のたびに膣ヒダが絡みついてきて、吐精を促してきた。

瑛斗はさらに腰を大きく遣って、彼女の秘筒をぐちゅぐちゅと攪拌していく。そうして、いきりを勢いよく膣底へ叩きつけてやる。

「んぐぅ、んぐぅ……あぁーッ！　奥はッ、奥は、感じてしまうから……あはんッ、あはあぁーッ！」

ひと突きごとに、千歳は背すじをのけ反らせ、喉奥からメスの本性をさらけだすかのような、淫靡な悦びの声を発した。

「ママ、こんなエッチな声出すんだね。それもボクのオチ×ポで……知らなかったよ」

「だ、だって、久しぶりのセックスだから。おま×こが敏感になって……だ、ダメ……本当にダメぇッ……んああッ……」

ダメと言いながらも、千歳は尻を瑛斗へ突きだして、剛直での責めを強く求めた。

「ママ、すごくいやらしい。昨日はあんなに怒ってたのに……本性はこんなにビッチだったなんて……」

「い、いや……言わないで。大人には、いろいろあるの……子供の瑛くんには、わからないことなのよ……んふッ、んふぅぅ、んはあぁッ！」

千歳は屹立の激しい抽送を受けて、裸身を妖しく揺すって身悶えしつづけた。獣欲を剝きだしにした彼女の痴態《ちたい》は、今まで瑛斗に決して見せたことのないものだ。

自分とのセックスで、飾ることのない姿を晒してくれることがうれしくて、言葉での責めにも力が入った。

「その子供の、ボクのオチ×ポで……ママったら、ひいひい言って、説得力ないよ。感じてるんだよね？　すごく感じて、イキそうなんだね？」

「ち、違います。イキそうだなんて……んはッ、んはぁ……」

千歳は四つん這いのまま、ケダモノのように腰を振りたてて、瑛斗の屹立を貪った。

「瑛くんのオチ×チン、こんなにすごいなんて。子供だと思ってたのに……」

蕩けきった千歳の蜜壺は淫らに収縮して、瑛斗の精液をバキュームしてくる。強烈な秘筒の吸いつきに、白濁が引き抜かれそうになった。

「ううッ、ママのおま×こ、いやらしく吸いついてきて……最高だよ！」

下腹部を突きあげてくる吐精感を必死で押し殺しつつ、千歳の姫孔をめちゃくちゃに責めたてつづけた。

「あひ、あひぃぃぃ！　そんなに激しくされたらッ、い、イクっ、イクぅぅ……」

「ほら、イッてよ、んんッ……イッて、ママのアクメ顔を、ボクに見せてよ！」

ずっと自分を育ててくれた、大好きな義母の千歳。彼女をバックから獣のように犯して、激しく喘がせていることに、瑛斗は言い様のない愉悦を覚えていた。

「あ、あああッ！　ママ、イッてしまう。瑛くんにイカされてしまう。ま、ママなのに、息子にイカされひゃうのぉ……」

紡錘《ぼうすい》形の美爆乳を艶めかしく揺さぶりながら、千歳は尻を突きあげて、瑛斗のペニスを求めつづけた。

腰と尻が激しくぶつかって、結合部から溢れた果汁が飛び散った。

「いや、いやぁあッ！　瑛くんとの初セックスなのに……ママっ、こんな恥ずかしい格好で、動物みたいな格好で、イカされひゃうぅッ！」

快楽に溺れきった千歳は、瑛斗の前にもかかわらず背すじを大きくのけぞらせて、一匹の美獣となって身悶えしつづけた。

「……や、やあぁッ！　い、イクのだけは、ゆ、許して……お願い……」

「も、もうッ、止まらないよ……ママのエッチなアクメ顔、見せてもらうからッ！」

瑛斗はトドメとばかりに、硬くそり返った雄槍で子宮口を抉《えぐ》った。入り口の秘環が歪められ、子宮が悦びに打ち震える感触がダイレクトに伝わってきた。

「あひ、あひぃい……やぁあ、い、イグぅ、イグのぉッ、やはあああぁーッ!!」

千歳は瑛斗の激しい突きこみに子宮を揺さぶられつつ、大きく果てたのだった。

「ママ、だ、出すよッ……んうううぅッ！」

義母が達したのを見て、抑えこんでいた劣情《れつじょう》を義母の膣奥へと放った。

竿胴が秘壺の内でビクビクと妖しく律動《りつどう》して、熱いリキッドを吐きだしつづけた。白濁汁はたちまち膣内を満たして、膣粘膜を白く染めあげていく。

「まだ、終わらないよ……ママの中に、ボクのものだって言う証《あかし》を刻《きざ》みこんであげる……んうッ、んううッ！」

射精の快楽に酔いながらも、瑛斗は溢れだすすべてを、千歳の中へ注ぎこんだ。

「あ、ああ……え、瑛くんに、イカされて……せ、精液まで出されひゃったぁ……」

四肢を突っ張らせ、声にならない声をあげながら、千歳は深い絶頂の余韻に浸っていた。そうして流しこまれる瑛斗の精の熱さに、うっとりと目を細めるのだった。

「瑛くん。こんなに、たくさん出して……本当に、大人になっちゃったのね……」

＊

果ててぐったりとなった千歳は、砂地の上にそのまま突っ伏してしまう。そこで冷たい海水が顔に当たって、ふと我に返った。

——うそ、私。瑛くんにイカされて……しかも、中に出されちゃったの……。

なんとか起きあがると、瑛斗が膣から怒張を引き抜いたところだった。

蜜孔は瑛斗の雄根の形に開ききったままで、その空虚《くうきょ》さに身体の芯が切なく疼いた。

「やだ……ぬ、抜かないで……お願い……」

思わず、そう口にしてしまっていた。

「あ、い、今のは……その、違うの……」

取り繕《つくろ》ってみても、もう遅かった。

「違わないよ。やっぱりママは、ボクのオチ×ポが欲しいんだ。いいよ……仰向けになって。今度はママの顔を見ながら、エッチさせてよ」

「あんッ……これ以上は……」

力強い腕に抱き起こされ、仰向けにされる。

――瑛くんの腕の力、すごい……もう逆らえない……。

千歳は瑛斗にウエットスーツを脱がされていく。瑛斗の強引さが、千歳にとっての救いになっていた。

――私、ダメな女ね……瑛くんに甘えて、身を任せてしまって……。

千歳のメスの本能は息子のペニスを渇望していた。そのまま千歳はスーツを脱がされて、息子の前で一糸纏《まと》わぬ姿にされてしまうのだった。

「ボクのオチ×ポも、ママをこんなに欲しがってる……」

瑛斗の怒張は、下腹部を叩かんばかりに大きく勃起していた。

――さっきよりも大きくなってる……。

千歳はさらに逞しく成長した瑛斗の勃起に、強く惹きつけられてしまう。

先ほどまで生セックスしていた証に、雁首が妖しく濡れ光っていて、凶悪さがいっそう際立っていた。

――私、瑛くんのママなのに。また、アレで貫かれてしまうの……。

息子の剛直で再び貫かれる期待と背徳感に、心音がトクンと鳴った。

そのまま千歳は太腿を引きあげられて、M字開脚の体勢をとらされてしまう。露出した股座《またぐら》をまじまじと瑛斗に見られて、顔から火が出そうだった。

「あ、ああッ……恥ずかしい……」

身を捩って体勢を変えようにも、瑛斗の手でがっちりと押さえられて、逃げられない。濡れた恥丘から、潮でふやけきった芝生、そこから中に出されて精液を滴らせた秘唇までが露になっていた。

「ママ、日焼けの痕が残って、すごくエッチだね……」

「え……あ、ほ、本当ね……」

胸元や下腹部にも日焼けの痕がうっすら残っていて、ビキニで覆われていた肌は生白い美しさを見せていた。それは、乳房や下腹部のデルタの恥ずかしい場所ばかりだ。

――あんなに、じっと見て……。

瑛斗の視線に激しい羞恥を覚え、身体を震わせてしまう。そのまま瑛斗は下腹部の日焼け痕に手を這わせると、キスしながら敏感な箇所をまさぐってきた。

彼の指のねっとりといやらしい動きに、千歳はますます悦びを覚え、その女体を甘く蕩けさせられた。

「あんッ、も、もう……」

「ママ、本当に綺麗で、いやらしくて、最高だよ……」

千歳は含羞《がんしゅう》に身悶えしながら、瑛斗にたっぷりと下腹部を愛されつづけた。

――恥ずかしい。けど、感じてしまって……私、もっとして欲しくなってる……。

息子の愛撫に、千歳は身も心も蕩けさせられていた。突きつけられた剛棒に、自ら秘割れを擦りつけて、挿入のおねだりをしてしまっていた。

「ああ、私……瑛くんを相手に、こんなはしたないことを……」

「素直なママ、すごく可愛いよ。じゃあ、入れるね……んんッ」

瑛斗のいきりが、花弁をぐいいと押し拡げて中へ入ってくる。

「あはぁぁッ……え、瑛くんのオチ×チンを、ま、また入れられひゃって……」

千歳が挿入の歓喜に全身を戦慄かせている間にも、愛する瑛斗の芯棒はさらに奥へ奥へ、ずぶずぶずぶと、潜りこんできた。

「あ、ああッ！　さっきよりも、硬くてぶっといのが……ママのおま×こをいやらしく拡張しひゃって……」

熱い雄根が激しく雌孔を拡張しながら、その膣腔全体を満たす充足に、感極まった声を出してしまう。

蜜壺は悦びに激しく蠢いて、屹立に吸いつき、その吐精を促した。

「瑛くん……す、好き……大好き……」

千歳は瑛斗をもっと奥まで感じたくて、彼の首に手を回し、腰を強く密着させる。

結合部から、粘度たっぷりの愛蜜がドロリと垂れた。

「ボクも……ママのおま×こを、もっといっぱい愛したいよ！」

「お願い……」

熟れきった蜜壺を拡幅される悦びに、千歳は緩んだ表情を晒した。自然と、おねだりの言葉が口から零れた。

「して……ママ、いっぱい瑛くんに、愛されたいの！」

うっとりとした眼差しを彼へ投げかけながら、怒張の突きこみをねだって、無意識のうちに腰を上下左右に軽く揺さぶってしまう。

「このまま動くよ……」

「あ……んううッ、あッ、あぁッ……」

身体を淫らに貫いた秘棒が、ぬちゅぬちゅとゆっくり動いて、千歳にメスの悦びを与えてくれる。

千歳は下腹部から溢れて全身へ広がるセックスの快感を享受しながら、淫らな喘ぎを零しつづけた。

「ん、んんッ……この格好でママを犯すのも、いいよね。感じた時の身体の反応も、いやらしい喘ぎ顔も、全部見えちゃうよ」

「そんな、瑛くん。そんなに意地悪になっちゃったの……ママの恥ずかしい姿、あ、あううッ、見ないで……」

「ママがエッチで、可愛いから、つい見ちゃうんだよ。そら、もっと乱れた姿を見せてほしいな……」

瑛斗はねっとりと千歳をなぶりながら、腰を突きあげてくる。じゅぶじゅぶと秘筒の内が攪拌されて、膣粘膜が甘く擦りたてられた。

その摩擦悦に千歳は蕩けさせられて、自らもケダモノのように腰を振りたてて、息子に犯される悦びに、心から浸りきった。

――ああ、私、瑛くんに貫かれて、こんなに悦んでしまってる。ママ失格よね。でも、もういいの、母親失格でも、いっぱい愛されたい、感じさせられたい……。

息子の首に手をかけたまま、千歳は自ら腰を跳ね躍らせて、彼のピストンを受けとめた。

そうして自らも腰を押しつけて、彼の抜き挿《さ》しにあわせて淫筒を絡みつかせながら、瑛斗を心ゆくまで愛した。

「……え、瑛くんに、だんだん気持ちよくさせられちゃって。あ、ああッ、あはぁぁッ、いやらしい声が出てしまう……」

抑えきれなくなった喘ぎが、唇からとめどなく溢れた。

千歳の乱れぶりに応えて瑛斗の責めもさらに荒々しく、激しいものになっていく。

「ママ、すごく乱れて、エッチな顔してる……腰も自分から振ったりするんだね」

「そんなこと、言わないで……」

「いい子ぶってたくせに……ママ、本当はすごくビッチな女なんだね」

瑛斗はそう嬲りながら、ひときわ激しい抽送を加えてきた。膣奥が押しあげられて、子宮を甘い衝動が突き抜けた。

「んぃ、んぃぃぃ……だ、だって、私は瑛くんのママだもの……ママは子供のお手本にならないと、いけないから……エッチなところは見せられないの、あく、あくぅッ……」

「こんな乱れた姿が、お手本なのッ？」

瑛斗のいたぶるような囁きに、千歳はいっそう淫らな気分を掻きたてられた。

「あんッ、い、いや、いやぁ！　それは言わないで……ん、んふぅ、んうぅぅーッ！」

いわゆる良妻賢母《りようさいけんぼ》然とした千歳だからこそ、瑛斗と交《まじ》わり彼に責められることの背徳的な悦楽は人一倍凄まじく、あと少しでイキそうなところまで昂ってしまっていた。

「も、もう、もういいの、子育ても終わりッ……瑛くんは、身体も、オチ×チンも、こんなに、立派になったんですものッ……」

千歳は瑛斗の胸板にかじりつくように抱きつきながら、その逞しさに身を委ねた。

「も、もっとして……瑛くんのオチ×ポで、私をエッチに乱れさせてぇ！　ママは瑛くんの前で乱れちゃう、どうしようもなくビッチな、ドスケベママなのぉッ……あはぁぁッ!!」

夫を亡くして以来、ずっと押し殺していたメスの性欲は大きく花開き、さらに腰を激しく彼へ密着させ、膣奥で怒張の快美を貪ってしまう。

――瑛くんの若さに任せた荒々しいピストン、素敵。これが若い高校生のセックスなのね。こんな激しい交わり、ずっと忘れてた。

猛り狂った若さに翻弄されて、愉悦の頂へ押しあげられていく。

「あひ、あひぃい、瑛くんのオチ×ポ、いい、いいのぉ！　よすぎてッ、何も考えられないの。これさえあれば、ママ、もう何もいらない……瑛くんだけ、もっとちょうだいッ！」

「わかった……ママの望みどおり、いっぱいボクのオチ×ポで感じさせてあげる。んうッ！」

子宮口が切っ先で何度も叩かれて、千歳の目から火花が散った。怒濤《どとう》のように押し寄せる悦楽に、神経が焼き切れそうだ。

「ああッ、あはぁぁッ！　もっと、もっとしてぇぇ……いっぱい瑛くんの若いチ×ポ、欲しいのッ、もっと子宮で、たくさん感じさせてぇ……ひぐ、ひぐッ、ひっぐぅッ……」

千歳は荒れ狂う性欲のままに、美しい獣と化して息子とのケダモノめいた交尾に興《きよう》じた。荒い息遣いと、動物めいた喘ぎ声だけが洞窟にこだました。

「んひ、んひぎぃ……瑛くんの激しい突きこみ、好き、好きぃぃ。おま×こも子宮も、気持ちよくなっひゃって、んは、んはぁぁッ！」

身体の内をめちゃくちゃに攪拌されて、千歳は壊れそうなほどの悦楽を感じさせられる。

意識が飛びそうなほどの激しい歓喜と、溶けてしまいそうな恍惚が交互に襲い、その悦びを貪ることに夢中になっていた。

「んい、んいい……ひ、ひっぐぅんッ！　ガチガチのオチ×ポが、子宮に、んひぃぃ……潜ってきて、あ、あぐ……あぐぁーッ！」

「じゃあ、もっと激しくしてあげるよ……そらそらッ！」

瑛斗は若いスタミナに任せて、子宮口を責め、切っ先でほぐしていく。そうして緩んだ入り口から、子宮へずっぷりと雁首をねじこんだ。

「んひッ、んひぃーッ、い、イグ、イグぅぅッ！　ママ、もうイグ、イッひゃううう……子宮まで犯されてッ、また瑛くんの高校生チ×ポで、アクメさせられひゃううう!!」

千歳は瑛斗の首に手を回したまま、下腹部を小刻みに痙攣《けいれん》させた。子宮姦の随喜《ずいき》が全身へ一気に広がって、意識を攫《さら》っていく。

「……あ、ああ……イグ、イグぅ、イッぐぅぅぅ……や、やはあぁーッ!!」

背すじを淫らに反らしながら、千歳はひときわ大きな嬌声とともに絶頂した。同時に蜜壺は淫らに収縮して、息子の精液を欲した。

「んぅうッ、ママのおま×こ、イクたびにボクを欲しがるね。ほら、出すよッ……お望みの精液だよ！　ううッ、うおおおッ!!」

瑛斗は雄叫《おたけ》びとともに、煮え滾る乳粘液を千歳の子宮へゼロ距離で撃ちこんできた。噴きあがった乳弾が子宮底をびゅくびゅくと撃ち、その熱と衝撃に千歳はさらに激しく達してしまう。

「……んい、んいい……んっいいぃぃッ！　い、イッたばかりなのに……あはあぁ、またイク、イクのッ、あはぁーッ!!」

千歳は灼熱で子宮を満たされながら、満ち足りた思いで逞しい息子の胸に顔を埋めた。

汗とフェロモンの混じる男の香りを肺一杯に吸いこみながら、千歳は絶頂の恍惚にうっとりと浸るのだった。

「瑛くん……すごくよかった……」

「本当？　パパとのセックスよりも？」

「ええ。パパとのセックスよりも、感じてしまって……こんな悪いママを許して」

千歳は息子の温もりを離すまいと、彼にぎゅっとしがみついた。自分の中の女が求めていた安らぎが、そこにあった。

瑛斗は何も言わず、千歳を抱きとめてくれた。千歳はすべてを投げだして、瑛斗の腕にその身を委ねた。

誰にも邪魔されない洞窟の奥で、二人は時間を忘れて互いの温もりを貪りあうのだった。

第四章　背徳の青姦連続アクメ

海でスノーケリングを楽しんだ、その日の午後。

千歳と瑛斗は、石垣港近くの商店街へ、島土産を見にいくことにした。

彼と連れだって商店街のアーケード内を歩きながらも、千歳の中で先ほどの交わりの余韻がずっと尾を引いていた。

——私、瑛斗さんと、あんなにいやらしいセックスしてしまって……でも、気持ちよかった……。

千歳は瑛斗と交わり、満たされた悦びに浸り、その頭の中は薄桃色の靄《もや》で覆われて、どこかぼんやりとしていた。

そうして、息子と肉体関係を持ったことへの後悔が千歳を責め苛んだ。

店先に山と積まれた南国フルーツの数々や、珍しい島の手工芸品、美味しそうな海産物、どれもが興味をそそるものだったが、今の千歳は上《うわ》の空だった。

そうして瑛斗と連れだって、島土産を見ている時のことだ。

──あっ。

千歳は秘部にかすかな違和感を感じて立ち止まる。膣奥にたまった瑛斗の精が、花弁からドロリと溢れてくるのがわかった。

周囲にはたくさんの観光客、そして瑛斗もいた。

──うそ、こんなところで……それだけ、たくさん出されたってことなのかしら……。

喧噪《けんそう》のなか、瑛斗との淫らな交わりが生々しく思いだされて、千歳は含羞で身悶えしそうになった。

熱い昂りが下腹部に広がって、内腿をもじもじと擦りつけてしまっていた。

「どうしたの、千歳さん？　急に立ち止まったりして。ほら、早く行こうよ……」

瑛斗の手指がそっと千歳の手に絡められた。自分の妖しい昂りを見透かされるような気がして、ドキリとしてしまう。

「え、ああ、そうね……」

千歳は彼の手を握り返すと、何でもないフリを装《よそお》って歩いた。

子供の頃から千歳が引いていた手が逞しく感じられて、心臓が早鐘のように鳴った。昂りのあまり硬く閉じた秘唇が熱く蕩けて、秘芯がかすかな尖りを見せた。それが歩くたびにショーツの裏地に擦れて、熱い吐息が唇の端から切れぎれに零れた。

濡れたショーツのことを悟《さと》られないようにして、瑛斗とショッピングをつづけた。ただショッピング中もずっと、彼との関係のことばかり考えてしまっていた。

十歳の頃から育てている義理の息子と恋に落ちるなんて、世間的に許されないだろう。そして瑛斗は十七歳で、千歳は三十三歳。年齢差にも言いしれぬ不安があった。

——好きって言ってくれたけど……でも、こんなおばさんで、本当にいいのかしら？

容姿《ようし》に自信がないわけではない。若く見られる努力はいつもしていた。ただそれ以上に、瑛斗の高校生という若さが眩しすぎて、それが千歳の気持ちを萎縮《いしゅく》させていた。瑛斗のことを思うと、付き合うべきではないと、理性が囁いていた。

——でも、いつの間にか、あんなに大人になっていて。男のヒトに抱かれる悦びを思いださせてくれた……。

息子の成長した姿は母親としてうれしく、そして彼の逞しいオスは千歳の未亡人としての寂しさを癒やしてくれていた。

――あの小さくて泣いてばかりいた瑛くんが、こんなに大きくなって。私、どんどん置いていかれていくみたい。

目の前に瑛斗がいて、無防備な背中がそこにあった。

千歳は彼のほうへすっと手を伸ばして、そこで動きを止めた。昔みたいに、瑛斗の背中へぎゅっと抱きつきたくなる衝動を、千歳はつい我慢してしまっていた。

彼を可愛い、保護したいと思う気持ちが、いつの間にか、彼に愛されたい、大切にされたいという願いへ変わりつつあることを、自覚してしまったからだ。

これ以上、瑛斗に近づいたらもう離れられない。その迷いが千歳を躊躇《ちゅうちょ》させた。

――でも、瑛くんは、私なんかより、もっと素敵なヒトと出会うかもしれないし。

瑛斗のことを第一に考えるならば、自分は身を引くべきなのだろう。

彼の眩《まばゆ》いまでの若さと自分が釣りあうかと考えたときに、千歳はまるで底なしの淵に突き落とされたかのような、言いしれぬ不安に襲われるのだった。

――瑛くん。ママ、どうしたらいいの……。

けれど、いったん火の点いた熱い血潮の滾りを抑えることなどできるはずもなく、千歳は切なく疼く身体を自らの腕で抱きながら、悶々とした思いを深めていった。

＊

瑛斗はお土産屋さんの片隅にある、ガラスケースに見入っていた。

「すごい、値段……」

そこに並んでいるのは、お土産用の高級アクセサリーだ。

アクセサリーのことをよく知らない瑛斗は、陳列《ちんれつ》された指環やネックレスに付けられた値札のゼロの数に驚いていた。

「ねえ、千歳さん。アクセサリーって、こんなにするんだね……」

後ろにいる千歳にそう話しかけると、千歳は苦笑しながら近寄ってきた。

「そうねえ……いいものだから、お高いのかもしれないわね」

「そうか……」

そうしているうちに店員さんがやってきて、ケースの中のアクセサリーを出してくれた。

勧《すす》められるままに、千歳はネックレスやブレスレットを着けて、店頭に置いてある鏡を見たりしていた。

「ねえ、瑛斗さん。これはどう、似合うかしら？」

千歳が見せたのは、指に塡《は》められた珊瑚の指環だ。大粒の赤珊瑚の珠《たま》が、プラチナの優美な細工の台座に載っていた。

磨きあげられた珠は、深い朱色の妖しい照り光りを見せていて、吸いこまれそうなほどの艶めかしい美しさに満ちていた。

その指環の落ち着いた雰囲気は、千歳によく似合っていた。

「うん、いいと思うよ。色っぽくて」

「んふふ、サイズもぴったり。普段でも使えそう。宝石とは違った味があって、上品でいいわよねえ」

千歳は指を開いたり閉じたりして、リングをうれしそうに眺めていた。

「せっかく石垣島に来たんだし、ちょっとぐらい贅沢しても……」

そう言いながら、千歳は値札に目を落とし、そこで軽く固まった。

「……」

それを察した店員さんが、お高いものですけど一生モノですからと、すかさずフォローを入れた。

「そうよねえ……ずっと使えるのなら、この値段でも……ううん、でも……」

「ねえ、どれぐらいするの？」

瑛斗も値札を見せてもらい、そこで言葉を失った。

「うっ……」

同じショーケースに並んでいたダイヤほどではなかったが、瑛斗のバイト代の数カ月分は飛んでしまうほどの価格だ。

「また、か、考えておきますから……」

千歳はそそくさと、珊瑚の指環をショーケースの上へ置いたのだった。

二人は店を出ると、露天のサトウキビジュースを飲むことにした。

注文すると、切りだされて積まれたサトウキビが、目の前の圧搾《あっさく》機に投入されて、みるみるうちにジュースになっていく。

それを、氷入りの紙コップになみなみと注いで渡してくれた。

「ボク、サトウキビのジュースなんて初めてだよ」

「んふふ、自然な甘さが美味しいわよぉ」

ほんのり若草色に色づいたジュースで、千歳の言葉どおり、あっさりとした自然な甘みが口いっぱいに広がっていく。

さらりとして一気に飲み干せる感じで、ほんのりとした甘さの水気あふれる果汁が、渇いた喉に心地よかった。

「そのまま食べたりもするの？」

「さあ、どうかしら。砂糖の原料よね。ほら、さっきお土産屋さんで売ってた、特産の黒砂糖の原料とか……」

露天の脇でそんな話をしていると、店のおじさんが皮を剝いたサトウキビをサービスだと言って、二人に差しだしてくれた。

皮は剝かれて、白っぽい芯が露出していたが繊維質で硬そうだ。

「え、こ、これ……どうやって食べるの？」

「確か、こうしてしゃぶるんじゃなかったかしら。んちゅ……」

千歳は棒状のサトウキビの先をこわごわと口に運ぶと、白い茎芯をちゅぱちゅぱとしゃぶりはじめた。

「ん、んうッ、こうかしら……でも、お汁があんまり出てこないわね……んんッ」

唇がいやらしく歪み、ぢゅぱぢゅぱとサトウキビが吸いたてられた。

「んうう、ちゅ、ちゅッ、んぢゅるる……あふ、あふぅ……もうッ、こ、これじゃダメなのかしらぁ……」

千歳自身の唾液でキビ先がねっとりとコーティングされて、淫靡に濡れ光っていた。

そうして口の端からはサトウキビの濁った汁が滴り落ちて、その生白い喉元へ垂れ落ちた。

――うう、いやらしすぎだよ、千歳さん。自分のエロさに無自覚なのかも……。

両手でサトウキビの茎を持って、唾液の音をさせながら先っぽをしゃぶる様子に、つい先ほどの千歳の濃厚なフェラチオを思いだしてしまう。

「え、ど、どうしたの？　じっと見て……」

瑛斗の視線を感じたのか、千歳は顔を上げた。

「やっぱり食べ方、違うのかしら……」

「汁を出すんだし、噛めばいいんじゃないのかな。たぶん……」

そう答えながらも、彼女の艶めかしい姿に心臓が飛びだしそうなほどバクバクして、それを隠すので精一杯だ。

「あ、そうよねえ……ご、ごめんなさい……」

千歳の天真爛漫《てんしんらんまん》な笑みに、瑛斗はますます彼女に惚《ほ》れこんでしまうのだった。

買い物を済ませてから、千歳の希望で地元の焼き物の店を見て回ることとなった。

先ほどまで物思いに沈んでいた千歳だったが、今は元気になったみたいで、瑛斗は少しホッとした。

高校生の瑛斗は、もちろん焼き物に興味はない。

けれど、店先で楽しそうに器《うつわ》を手に取る千歳を眺めていると、彼自身も楽しい気分になった。

「ここで、体験陶芸ができるみたい。ほら、シーサーも作れるみたいね」

千歳に話しかけられて店の脇を見ると、木陰の下に広いテーブルが置いてあって、そこで作業ができるようだ。

「ちょっと楽しそう。やっていかない？」

「……あ、うん」

瑛斗は千歳に引きずられるようにして、いっしょにシーサーを作ることになった。

すでに練っておいてくれた赤土の粘度を捏ねて、それらしい形に仕上げていく。できたら窯《かま》で焼いてくれて、お土産として持って帰れるようだ。

いちおう、作り方の手順はテーブルに貼ってあったが、思ったように上手くいかない。

千歳を見ると、やはり苦戦しているようだ。シーサーというよりも、できそこないのカピバラみたいになっていた。

「千歳さん……シーサーって、鼻そんなに突きだしてないし……」

「あ、あら、そうだったかしら……ううん、難しいわねえ。瑛斗さんのはどう？」

改めて自分のものを見ると、顔がすっきりしすぎてシーサーというより子犬だ。

「んふふ……瑛斗さんのシーサーさん、すごく可愛いわね」

「そうだね、あんまり魔除《まよ》けっぽくないかも……でも、あと少しだし、最後まで作ってしまおうよ」

「ええ、頑張りましょう！」

二人は必死にシーサー作りに取り組み、なんとか形に仕上げた。

「うん、できたわよ。けど一匹だけだと、なんだか寂しそうよねえ……」

目の前にぽつんと置かれたシーサーを見ながら、千歳はしみじみと呟いた。

「そうだね……あ、でも……」

瑛斗は自分が作ったシーサーを、千歳のシーサーの脇に置く。

「ほら、こうして隣に仲間を置けば、シーサーも寂しくないよ」

「……あら、本当ね。シーサーさん、一人ぼっちじゃないわね。んふ、よかった」

千歳はうれしそうに目を細めて、仲よくならんだシーサーをじっと見つめるのだった。

ショッピングを済ませてから、瑛斗と千歳は近くの居酒屋に入った。こぢんまりした家庭的なお店で、そこで島の料理を楽しんだ。

家とは違う旅先の解放感のなかで、恋人同士のように話が弾んだ。

時間はあっという間に過ぎて、ふと瑛斗が気づくと日はすでに暮れて、あたりは暗くなりはじめていた。

「ねえ、千歳さん……そろそろ帰らないと。澪ねえも、待ってると思うし」

「だめよ……もう少し、瑛くんは、私といっしょにいるの」

泡盛の杯を重ねた千歳は、すっかり酔っていた。抜けるように白い肌は、ほんのりと赤く染まって、色っぽさがいっそう際立っていた。

「澪のことなんて、いいじゃない……瑛くんとママの、楽しい二人きりの旅行を邪魔した、おじゃま虫さんなのよ」

「そうかもしれないけど……遅くなったら、澪ねえ、心配するよ」

「もう、変なところだけ、真面目なんだから……」

千歳はすっと立ちあがると、スマホをいじった。

「ほら、遅くなるってメッセージを送ったから。もう少しなら、大丈夫よ」

千歳が落ちかかってきた長い髪を掻きあげると、首筋がふいに覗いた。その艶めかしい白さが目に飛びこんできて、瑛斗はドキリとした。

「せっかく二人きりだもの、ゆっくりしていきましょうね……」

「う、うん……ちょっとだけだもんね……」

義母らしからぬ悪戯っぽい笑みに、瑛斗は淫らな期待を抱《いだ》いてしまうのだった。

＊

店を出ると、瑛斗と千歳は歩いて港のほうへ向かった。

やがて海が見え、二人は港近くの海の見えるベンチに腰かけた。薄闇に波の静かな音だけが響き、あたりに人気《ひとけ》はない。

海風が千歳の長い髪を、そしてワンピースの裾を嬲った。

——こうして見ていると、本当に綺麗。ママだってこと、忘れちゃいそうだ。

じっと千歳を見つめていると、彼女と目があってしまう。

「瑛くんたら、じっと見てばっかりね……せっかく素敵なママといっしょにいるんだから、もっと迫ってきてもいいのよ」

酔いのせいか、千歳の発言はいつもより大胆で、瑛斗のほうがどぎまぎしてしまう。

「す、素敵って自分で言うの、おかしいよ……」

「あら、そうかしら？　これでもけっこう、もてるほうなのよ。瑛くんが進学したら、ひとりぼっちだし……再婚しちゃおうかしらね」

千歳は瑛斗にそっと身体を寄せながら、柔らかな笑みを見せた。お酒で顔が桜色に染まっていて、普段よりも色っぽく感じられた。

「え、あ……それはダメだよ！　さ、再婚するぐらいなら、ぼ、ボクと……」

「瑛くん、昔もそう言ってくれたわよね。あの頃は、小さくて可愛かったのに。それが、こんなに大きくなっちゃって……」

瑛斗の言葉をはぐらかすと、千歳のほうから彼の手を取って、自らの胸へそっと押しつける。ワンピース越しに、弾むような柔らかな乳房の感触が伝わってきた。

「そんなことされたら、ぼ、ボク、我慢できなくなっちゃうよ……」

「我慢しないで……今日は、ママは瑛くんのものよ」

酔って積極的になっているのか、千歳はそのまま瑛斗を自身の豊かな胸で、ぎゅっと抱き締めてくれた。

小さな頃は学校から帰ってくるたびに、いつもこうして抱っこしてくれていた。瑛斗は恥じらいを忘れて、義母の糖蜜のような甘さに身を委ねた。

極上の羽布団みたいな沈みこむような感触が、瑛斗を優しく包みこむ。そうして甘酸っぱいミルクの香りが鼻腔をくすぐり、肺を満たした。

「……ママ、すごく柔らかい……」

「んふふ、もっと触ってもいいわよ……」

千歳の大きく盛りあがった胸元に顔を擦りつけると、ワンピースの生地越しに弾力溢れる膨乳の存在が確かに伝わってきた。

瑛斗は頬ずりしながら、爆乳のふにふにと柔らかな感触を楽しみつつ、千歳をちらりと見た。

「ママのおっぱいを、直接触りたいよ……」

「え、ええ……どうぞ……」

千歳のワンピースの背に手をかけると、ボタンを一つずつ外していく。

服を剝かれていく羞恥に、千歳はかすかに身を震わせた。暗がりの中でもわかるほど、千歳は顔を赤くしていた。

「あ……やっぱり待って……お外だし、恥ずかしい……」

「ダメ……もう止められないよ」

「……もう、意地悪」

彼女の息遣いは乱れて、呼気が瑛斗の首筋を妖しく嬲った。脱がされる羞恥を誤魔《ごま》化《か》すかのように瑛斗の唇に自身のそれを押しつけた。

ちゅぱちゅぱと、蜜の音を立てながらキスを繰り返した。その間に瑛斗は、義母のワンピースのボタンを外し終えた。

「じゃあ、脱がすね……」

瑛斗は昂りのままに、千歳のワンピースの上半身をずり下ろすようにして脱がしていく。無防備な肩先が露になり、淡いスミレ色の上品なブラに包まれた双乳が、夜気《やき》に晒された。

「ああ、ママのおっぱい……こうして見るのも綺麗だ」

瑛斗はブラを取ることも忘れて、そのまま上から手のひらを載せて、張った乳房をまさぐりはじめた。

ブラにあしらわれた白レースの刺繍《ししゅう》が妖しくたわみ、その手を押し返してきた。大人びたブラに押しあげられた千歳の巨峰は優美な谷間を形作っていて、噎せかえるような淫気で溢れていた。

海でかすかに日焼けしていても、抜けるような艶やかな生白さは健在で、乳丘にうっすらと見えるほの青い血の巡りが、その乳塊を艶めかしく彩っていた。

「……ん、んんッ。ぶ、ブラを……あふぅ……」

言いかけた言葉が、瑛斗の乳房への責めで中断させられてしまう。瑛斗は息を荒げながら、性欲のままにたわわな乳果をブラごと揉みしだきつづけた。

「んんッ、ブラ越しだなんて、じらされてるみたい。瑛くん、直《じか》に触って……」

千歳は含羞に悶えつつ、美しく突きだした胸乳を瑛斗へ預けるように向けてきた。

「じゃあ、ブラ取るね……」

そのまま瑛斗はブラに手をかけ、そのフロントホックを外した。

「あんッ」

ぎゅっとブラに押しこめられていた乳房は、ぷるんと瑞々しい弾みを見せて艶めかしい姿を晒した。

たわわな円球は、薄闇の中にほの白く浮かびあがっていて、惚れぼれするほどの優美な曲線を描く。うっすらと残った、ビキニの焼け痕の白抜けが生々しくて、それがくすんだ桃色の乳暈《にゅううん》を強調していた。

露出した生乳房は冷たい夜の風に嬲られて、乳袋を妖しく震わせた。そうして半ば起きあがった乳芯が、さらに淫らに充血した。

「やっぱり綺麗だ。ママのおっぱい……」

瑛斗は千歳の熟しきった双乳に視線を注いだ。

「も、もう……見てばかりじゃ恥ずかしいわよ……さ、触ってもいいのよ……」

「うん……」

瑛斗は千歳の乳房に、おずおずと手を這わせていく。

指先が乳肉にずぶぶと潜って、それが弾むように跳ねかえされた。

そうして滑らかな乳肌は手のひらにぴったりと吸いついて、その心地よさにますます胸乳を揉み捏ねてしまうのだった。

「ママのおっぱいがいやらしく形を変えていくの、すごく興奮する……」

押し詰まった爆乳を鷲づかみにして、瑛斗は両手でむにゅむにゅと揉みしだいていく。千歳は胸を大きく前に出して、瑛斗の胸愛撫に身を任せた。

「あふ、あふぅ……瑛くん、胸、いい、気持ちいいの……もっと、して……」

昂ったような喘ぎが零れ、千歳は悩ましげに眉を歪めた。義母の美貌が淫らに変わっていく様は、瑛斗をますます興奮させた。

「ここは、どう？　ママの乳首、いやらしく勃起してるよ」

硬く尖った乳頭を、指の腹でコリコリと弄んでやる。

「あ、あくぅ……瑛くん、こら……やんッ、そこは感じすぎるから……」

「こんなに硬くなって、ああ、すごくエッチだ」

義母の嬌声をもっと聞きたくて、瑛斗は先端を指先で弾いて刺激した。

「んひ、んひぃ……ああ、そこは敏感だから、強くするのは、めっなの……」

「強くって、こんなふうに？」

瑛斗は膨らんだ乳芯を、指先で強く摘まみあげた。

「そ、そうよッ。つ、強いのは、ダメだって言って、あはッ、あはぁぁッ……あ……ああ、あぁぁーッ！」

ひときわ激しい絶叫とともに、千歳は白い喉を大きく晒した。

「はぁはぁ……ちょ、ちょっと、気持ちよくなりすぎちゃったみたい……」

「やりすぎちゃったね、ごめん……」

瑛斗は鋭敏な両の乳にキスをして、ちゅぱちゅぱと優しく吸いたてた。たわわな膨らみの乳球に顔を埋めて、舌の上でぽってりと膨らんだ乳首をしゃぶりつづけた。

「あふ、あふぅ……もう、瑛くん。そんなにおっぱい、ちゅぱちゅぱして……まるで、赤ちゃんみたいね、んふぅ……」

千歳は瑛斗の後頭部を優しく撫で、髪を指先で丁寧にとかしてくれた。柔らかな指先が頭をくすぐる感触に瑛斗の気持ちはほぐされて、そのまま蕩けてしまいそうだ。

「んちゅ、ちゅ……んちゅぱッ……ああ、ママのおっぱいがエッチで、柔らかいからだよ……もっと甘えてもいい？」

「いいわよ、たくさんママに甘えて。ママも瑛くんに甘えてもらえて、うれしい……」

義母は乳房を瑛斗に預けたまま、軽く抱いた頭を撫でつづけた。

――ママ、ボクを本当の赤ちゃんみたいに扱ってくれて。たまにはいいよね、こういうのも。

少し前の瑛斗なら、子供扱いされることに反発していただろう。けれど、今はそれがうれしかった。

瑛斗は千歳に出会った頃を思いだしながら、その胸にじゃれつき、乳房をしゃぶりつづけた。お乳を吸う息苦しさに、頭の芯がぼうっとなってしまう。

甘い母乳の匂いで肺をいっぱいに満たしつつ、瑛斗は千歳の甘さに耽溺した。

「でも、赤ちゃんの頃の瑛くんて、どんな感じだったのかしら？　今みたいな感じかしら」

「そんなこと言われたら、恥ずかしいよ。ん、んう……」

気恥ずかしさで、顔から火が出そうだった。そのまま千歳の深い谷間に顔を埋めるように、顔を擦りつけた。双乳の狭隘はふわふわした生和菓子の生地みたいに柔らかくて、彼の顔に吸いつくように形を変えた。

「……んう、ううッ。でも、今は赤ちゃんでいたいよ。こんなに、ママに甘えられるんだから……んふぅ……」

瑛斗は乳塊に横面《よこつら》をプレスされながら、その窒息感を心から楽しむ。しっとりとした温もりが鼻先を覆って、噎せかえるような千歳の匂いに頭の芯がくらくらとした。

「もう、そんなに胸が好きなんて……本当に甘えん坊さんね。でも、なんだかズルい。ママもママのおっぱいに甘えたくなってきちゃう……んッ、んうッ、ひゃぅッ」

顔を埋めた瑛斗は、千歳の谷間を強く吸いたてて、唇の痕を付けていく。

「今はもう少し甘えさせて。あとで、いっぱいひいひい感じさせてあげるから……」

「もう……赤ちゃんは、そんなこと言わないのよ……あふ、あふんッ……んふッ…」

乳房をまさぐられ、吸いたてられて、千歳は淫らな声を立ててしまう。それでも瑛斗の後頭部を掻き抱いて、乳房を与えてくれた。

「でも、甘えてくれて……ママ、うれしい。だって、瑛くんったら、ママがぎゅって抱きついても、ずっとそっけなかったんだもの……」

瑛斗に胸乳を愛撫され、吸われながら、千歳は淫らに呼気を弾ませる。

「ママ、嫌われてるかと思っちゃった。呼び方も、千歳さんだなんて、他人行儀だもの。ああ、ママはもう必要なくなったんだなって、思って……」

「そんなことないよ！　ママはボクにとって、必要な人だよ。ボク、ママを守れる強い大人になりたいんだ。だから、いつも甘えてちゃダメかなって思って……はふぅ」

瑛斗は勃起しきった乳首から口を離すと、じっと千歳を見た。彼女も熱い眼差しを瑛斗へ投げかけてきた。

視線同士が絡み、唇同士が近づいた。瑛斗はそのまま千歳の唇を奪い、千歳の舌を口腔から強く吸って引きだしてやる。

「あんッ、キス、激しい……ちゅ、んちゅ、ちゅぱッ……」

そのまま瑛斗の口腔内で舌同士が巻きつき、甘い粘膜を擦りあわせた。

ゆっくりと唇を離すと、唾が妖しく糸を引いた。

「でも、ダメだったね……やっぱりママに甘えちゃうよ……」

「いいのよ、いっぱい甘えて。その代わり、ママも瑛くんに甘えちゃうから。お互い様よ。ほら、どうぞ……」

はにかみながらも、千歳は量感溢れる双乳を瑛斗の鼻先へ迫りだしてきた。鼻先に押しつけられた乳房の甘い温もりに引き寄せられて、瑛斗は再び無心になって乳房を吸いはじめた。

「あ、あふぅ、さっきよりも、吸い方が、激しくって、こ、声が出ちゃう……あはッ、あん、あんッ……そんなにエッチに吸われたら、ママ、感じてしまって……」

乳袋を吸いたてて、生白い半球に赤い印が無数に刻まれた。千歳の乳嘴は敏感になっていて、軽くキスするだけで、彼女の喉奥から甘い悲鳴が発せられた。

「ママ、おっぱいですごく感じてエッチだよ。ボクがもっと、たくさん感じさせてあげるね……」

「だ、ダメ、強く吸うのは……ああ、あーッ！」

瑛斗に乳首を強く吸われて、千歳は淫らに悶えた。

「んうッ、こら、強くおっぱい吸っちゃダメ。もう、ダメって言ってるのに……いっぱいめっ、しちゃうからぁ、くふ、くふぅッ……」

キスの雨が乳房を襲い、左右の乳頭が交互にちゅぱ吸いされつづけた。

同時に瑛斗の手が乳袋を根元からねっとりと揉み捏ね、量感溢れる円球を上下左右にたわませて、千歳を激しく感じさせた。

「あひ、あひぃ。それ以上されたら、胸で気持ちよくなっひゃう。あひぃッ！」

「んちゅ、ちゅッ、なってよ……ほら、胸でもっと気持ちよくしてあげるからッ！」

瑛斗はさらに千歳の胸乳を激しく責めて、乳芯をちゅぱちゅぱと吸いたてた。

そうして両胸を左右から押しつけるように挟みこんで、双乳の乳首を同時に咥えこんで、強くバキュームした。

「んうう、うう……んぢゅッ、ぢゅるッ、んぢゅるるるッ！」

「んひ、んひぃぃ、い、イク……胸でイクぅぅ……あ、あああッ、瑛くんに胸で、ぃ、イカされひゃうぅッ……あ、ああ、あはぁあああぁーッ!!」

千歳は乳房をぶるぶると揺さぶりながら、はしたなくも胸イキの痴態を、息子の前で晒してしまうのだった。

絶頂に美貌はだらしなく緩んで、口の端からは涎が滴り落ちていた。呼気を乱しながら身体に力が入らないようで、千歳はベンチの背もたれにぐったりとなっていた。

「……はひ、はひぃ……ぃ、イッひゃったぁ……うう、瑛くんの前で、胸で気持ちよくなっちゃうなんて……」

「ママのイキ顔、しっかり見ちゃった……すごくエッチで、よかったよ」

「そんなこと褒められても……は、恥ずかしくて、死にそう……」

肩で息をするたびに、千歳の乳房は大きく上下した。その豊かな盛りあがりの隅々まで瑛斗の唾液で淫靡にコーティングされて、艶めかしい照り輝きを見せていた。

自分の体液で汚された千歳の姿に、瑛斗は強い興奮を覚えた。半ば膨らんでいた怒張は千歳の痴態を目《ま》の当たりにして、ズボンを突き破らんばかりに、雄々しく隆起した。

「……え、瑛くんも、お、大きくしてくれてるの？」

羞恥で真っ赤になりながらも、千歳は瑛斗の股間にそっと手を伸ばしてきた。しなかやかな細指が屹立に絡んで、瑛斗を甘く刺激した。

「そうだよ……ママのいやらしい姿で、もうたまらなくなってるんだ」

瑛斗は興奮に身を任せて、千歳をそのままベンチに押し倒した。剛直を取りだすと、義母のワンピースの裾をめくりあげて、露になったショーツに切っ先を擦りつけた。

「……私、こんなところでされてしまうのね。街中でセックスだなんて……」

「んうッ、ママのショーツぐしょ濡れだ。ボクを甘やかしてくれてる間も、ずっとエッチなことを考えてたんだ」

「だ、だって……瑛斗くんに触られてると、身体が火照ってきてしまうのよ」

ショーツはブラとセットの淡いスミレ色の絹製で、ブラ同様に白レースの刺繍が上品にあしらわれていた。

そのシルク特有の艶めかしい光沢を放つクロッチへ、反った刀身を幾度も擦りつけた。義母の膣から溢れた愛液が、股布にいやらしく染みだした。

千歳自身も腰を浮かして、ペニスをおねだりするかのように股を押しつけてきた。ショーツのつるつるした感触に屹立はヒクついて、鈴口から先走りが滲んだ。

──ママのおねだり、なんてエッチなんだ。自分からショーツを擦りつけてくるなんて。ボクの知ってる、ママじゃないみたい。

初めて知る義母の淫らな姿に、瑛斗のペニスは下腹を叩かんばかりに反りかえった。

「もう、いいよね、ママ。イヤだなんて、言わせないから……」

千歳がだまって頷くよりも早く、ショーツのクロッチをずらして、ぐっしょりと潤ったクレヴァスを露出させた。

熟しきった蜜壺が淫らに口を開き、零れたラブジュースで下草はふやけきっていた。そうして内奥からはさらに愛蜜が溢れだして、ベンチの座面を濡らした。

「このままベンチの上で、犯してあげるよ……」

瑛斗は千歳の片足の生太腿を押しあげて、義母の腰に自分の腰を絡めるようにしながら、亀頭を花弁へぐっと押しつけた。切っ先が秘口を割り開き、内奥に溜まった蜜がトロりと淫茎を伝い落ちた。

「う、ううッ、瑛くん。来て……」

千歳は昂りきった声で、ペニスをはしたなくおねだりした。

「行くよ、ママっ……」

雁首を突きこみ、膣の隘路《あいろ》を押し拡げていく。張ったエラに膣ヒダが妖しく擦れて、その摩擦悦に射精してしまいそうだ。

「んッ、んうぅッ、瑛くんのおっきいオチ×チン、また入れられてしまって……」

奥に芯棒が潜っていくたびに、千歳はメスの喘ぎをあげた。

ほぐれきった千歳の蜜壺の中は心地よくぬかるんでいて、その甘い愉悦でペニスを奥へ奥へと強く誘《いざな》った。

「うぅう、ママのおま×こ、すごい！　引きこまれてくみたい……」

瑛斗は強い射精感を覚えながらも、義母の姫孔を剛直で一気に征服し、その勢いで切っ先を奥底へ突きこんだ。

「あ、あうう……んうッ、一番奥まで、当たって……」

最奥への刺激と同時に、膣奥の小部屋は雁首に強く吸いついて、蕩けるような悦びで吐精を促してきた。

処女孔とは違う、使いこまれた熟女の雌孔の甘美なバキュームに、瑛斗は身動きできず、ただ呻きを漏らすことしかできない。

――ママのって、やっぱりすごい。澪ねえのも気持ちよかったけど、ママのはぜんぜん違うよ。これが大人の女の、おま×こなんだ。

じっとしていても、妖しい痙攣が射精欲求を刺激してきていた。静かな快美に精嚢が引きあがり、幹竿の半ばまで熱い滾りが迫りあがっては下りを繰り返した。

「瑛くん、こ、こんな格好、ママ……やっぱり恥ずかしいわ……」

二人は優しく腰同士を絡めあった、いわゆる松葉くずしの体勢だ。

瑛斗からは羞恥に顔を真っ赤にした千歳を見下ろしながら、義母のむっちりと張った生太腿の感触を楽しむことができた。

「もう遅いよ……それにママだって我慢できないんだよね？　じゃあ、セックスやめてもいいの？」

「そ、それは、いや……だけど、あん、あんんッ……奥をぐりぐりされたら、子宮に響いて、ひ、ひうぅぅ、ひぐぅッ……」

吸いつくような滑らかな腿の手触りを楽しみながら、瑛斗は腰をさらに密着させる。雄根で拡張されきった朱唇の端からは、蜜がどぷりと溢れだして、結合部をいやらしく濡らした。

「こんなッ、お外でいやらしい格好をして、瑛くんとセックスだなんて、あんんッ！」

「あうッ、すごい吸いつきだよ……外でこんな格好で犯されて、もしかして感じてるの？」

「し、知りませんから……あふ、あふぅぅ……」

ぷいと脇を向きながらも、義母の秘筒は淫らな蠕動《ぜんどう》を繰り返して、剛棒を欲しがっていた。千歳の膣の具合で、どんな嘘も見抜けそうだ。

「でも、ママのおま×こ、海でしてるときよりも締めつけてきてる。やっぱり感じてるんだ……外でのセックスって、アオカンって言うんでしょ？　それで感じちゃうなんて、ママのエッチなところ、また一つ知れてうれしいよ」

「うう……もう、瑛くんったら。ママを恥ずかしがらせないで……」

千歳の身体は羞恥に戦慄き、それがまた蜜壷を収縮させていた。

「でも、恥ずかしがるママが見たいんだ。じゃあ、少しずつ動くよ……」

瑛斗がゆっくりと腰を遣いだすと、千歳もそれにあわせて腰を動かしてくれた。

「んうッ、ママもいっぱい腰を遣ってくれて、感じてくれてるんだ。アオカンは恥ずかしいって言ってたのに……」

「だ、だって、これは身体が勝手に……あ、あぁッ、あはぁッ！　それにママは感じてなんてないわよ。あく、あくぅッ、オチ×チンが中で、擦れて……」

「もう、素直じゃないな、ママは……ボクのチ×ポで感じても、恥ずかしいことじゃないんだよ」

「だ、だって……ん、んはッ、んはぁッ！」

ペニスの抽送を受けながらも、無意識のうちに体裁《ていさい》を取り繕おうとする千歳に、瑛斗は不満を抱いてしまう。

──ママ、ボクの前ではもっと、本音をさらけだしてほしいのに。

瑛斗の思いが、義母を嬲る言葉となって口を突いてでた。

「ほら、もっと素直に感じてよ。ママがオチ×ポ大好きなビッチだってことは、もうわかってるんだから」

「い、いや、瑛くん、そんなこと言わないで……」

「でも、いやがりながらも感じてる……ううッ、ママのおま×こが、ボクのを締めつけてきて、わかっちゃうんだよ」

瑛斗は自分でもドキドキしながら、激しく千歳を嬲った。気分が高揚して、義母の秘壺を攪拌する剛直がさらに硬さを増した。

「んッ、んんッ……もう、瑛くん、意地悪よ。ママを見れば、わかるでしょう。あ、ああ、瑛くんのオチ×チンで、こんなによがらされてるのに……あひ、あひぃぃ、そんなに激しくは……んんッ、だめッ、だめぇぇ！」

荒々しいピストンに腰同士が激しくぶつかり、夜の静寂にじゅぷじゅぷと淫靡な結合音が響いて、千歳の嬌声がそこに混じった。

千歳の額には汗が浮かび、その美貌はセックスの愉悦に蕩けきっていた。

「あッあッあッ、ああーッ！　お外なのに、瑛くんに責められて、エッチな声が止まらなくなって……こんな、あはぁぁッ！」

「やっぱり、外でおま×こを貫かれて感じちゃうんだ。ん、んんッ……！」

「くふ、んくふぅ……あ、あくッ、そんなに激しくされたら、んひぃッ、おかしくなるッ、ママ、おかしくなっひゃううう！」

「いいよ、おかしくなってよッ！」

瑛斗は若さに任せて、荒々しく剛直を出し入れした。太幹が千歳の秘筒をぐちゅぐちゅと攪拌し、飛沫を散らした。

「あん、あんんッ、瑛くんのこと、ママのおま×こでいっぱい可愛がってあげるつもりだったのに、逆に気持ちよくさせられひゃって……ああ、あああ、ああーッ！」

千歳は蕩けきったアヘ顔を晒して、緩んだ口元からだらしなく舌をはみださせながら、あられもない痴態を晒した。

「瑛くんのデカチ×ポ、すごくって、ママ、イクっ……ちっちゃな頃から知ってる瑛くんに、イカされひゃう！」

「イクはまだ早いよ、ママ……」

瑛斗は千歳の激しい昂りを感じて、ペニスの抽送を止めた。

「あ……そ、そんな……瑛くん、と、止めるのは……」

「止めるのはダメって言うの？　やっと、ママも素直になってきたね」

怒張を突きこんだままで、瑛斗は千歳の乳房に手を這わせ、その豊かな張りだしを強く搾《しぼ》るように揉み捏ねた。

「もう、ママを焦らさないで……あひ、あひぃ、い、イカせて、お願い……」

「ちゃんと、おねだりできたらね。何が欲しいの、ママ？」

瑛斗の揉みこみに感じたのか、手のひらの下で桜色の乳嘴がピンと尖った。

「あひ、あひぃぃ、瑛くんの意地悪……ママを辱《はずかし》めないでよぉ……」

敏感になった乳首を、手のひらで軽く潰すように刺激されて、千歳は切なげな吐息を漏らした。

「ママ、昔ボクに言ったよね？　ちゃんと口に出さないと、相手に伝わらないって……」

「それは状況が違うじゃない。瑛くん、あとで、いっぱいめっ、だから……」

「で、どうするの、ママ？」

千歳の乳房を、根元から搾るように激しく揉みこんだ。絶頂寸前の肢体は、強い刺激を快感として受け止めているようで、痛いはずの責めに甘い喘ぎが返ってきた。

「んい、んいいッ……い、言うから……欲しいものは、瑛くんのオチ×ポよ。ママのいやらしいドスケベまんこを、瑛くんのデカチ×ポで思いきり貫いてッ！　めちゃくちゃに、混ぜまぜしてぇ。お、お願い、もう我慢できないの！」

「よく言えたね。じゃあ、行くよ……」

義母の淫らな告白に応えて、怒張を叩きこんだ。雌孔がぐちゅ混ぜされて、亀頭が幾度も子宮口をノックした。

「ひう、ひうッ、ひうぅッ……奥ぅ、いいッ、いいのぉ！　子宮まで揺さぶられて、たまらなく気持ちよすぎなのぉ……」

「んうッ、これがママの子宮の入り口。コリコリしたのが当たって、先っぽが感じてる……」

瑛斗は前後運動を加速させて、千歳を絶頂へと追いやっていく。

「ひぐ、ひぐぅッ、た、たまらないの……瑛くんのオチ×ポ、パパのより熱くて、硬くてッ。ママのおま×こ、ガバガバに拡げられて、子宮まで感じさせられひゃってるッ、はひ、はひぃぃ……」

子宮まで激しく揺さぶられて、千歳は瑛斗への教育的配慮さえ忘れて、ケダモノのように乱れ悶えた。

「パパより、いいんだね。千歳さんはパパとボクを比べちゃう、淫乱ママなんだ」

「だって、仕方ないのッ……瑛くんのオチ×ポで感じすぎて。ママ、どんどん淫乱な女になっちゃって。あ、ああッ……も、もうッ……」

ビクビクと女体を淫らに震わせながら、千歳は腰を瑛斗へぎゅっと密着させた。

「ママなのに、お外で瑛くんに、息子に犯されてッ……い、イクぅ、イクぅぅッ！青姦アクメ決めひゃうぅぅぅッ！」

「イッてよ、ママ……ボクもそろそろ、んうッ！」

瑛斗は腰を大きく突きあげて、子宮口をひといきに貫き、切っ先を子宮へ潜りこませた。

「ひ、ひぎぃぃ、い、イグぅッ！　んんッ、んっはあぁーッ‼」

千歳は瑛斗にぎゅっと抱きつきながら、愉悦の極《きわ》みに達した。眩しいほど白い生太腿が絶頂を示すかのように、小刻みな震えを見せていた。

「い、イッたんだね、ママ……ぼ、ボクも出すよッ、んんんッ!!」

子宮に突きこんだ砲口から、瑛斗は白濁のマグマを噴きあげた。砲身がビクビクと拍動《はくどう》して、子種を義母の子宮へ勢いよく放った。

「あ……そ、そんなぁ……子宮に直出しはダメ、ダメぇぇ……」

逃れようとしても、瑛斗にしっかりと抱き締められて、身じろぎ一つできない状態だ。千歳をもう離さないとばかりに、瑛斗は容赦《ようしゃ》なく種付けを加えた。

「あはぁぁ……びゅくびゅくって、いっぱい出されて。子宮が熱いの……」

義母は言葉とは裏腹に、子宮への直接射精を恍惚とした表情で受けいれた。さらに追加の精が吐き出されて、義母の子宮内は白く染めあげられていく。

「あひ、あひぃぃッ、また出されてッ……たっぷり射精は、ら、らめッ、らめぇぇ……あう、あううッ！　あっあぁぁーッ!!」

速射砲のような激しい中出しを子宮に受けて、千歳はその熱と質量に再絶頂した。

「……あ、あふぅぅ、こんなに出されちゃったら、瑛くんの赤ちゃんを妊娠してしまう……ママなのに、ママにされひゃううう……あ……あは……あはぁぁ………」

瑛斗の腕の中で千歳は射精を受けるたびに果て、蕩けきったアヘ顔を晒した。だらしなく緩んだ口の端からは涎が滴っていて、力なく突きだされた舌が、だらりとはみだしたままだ。

そうして上体がビクりビクりと痙攣し、ケダモノめいたアクメの叫びだけが喉奥から搾りだされた。

「ママがボクの射精でイッてる姿、すごく興奮するよ……ほら、もっとイッて。淫らなママの姿を見せてよッ……んうッ、んううッ!!」

身体の奥から溢れつづける種汁を、奔流《ほんりゅう》のごとく子宮へ叩きこむ。

そのたびに千歳は、ケダモノのような嬌声をあげて連続絶頂した。イキ狂う義母の姿は美しく、瑛斗の気持ちは否応《いやおう》なく高揚した。

昂りに任せて腰を振りたてて、精を全力で彼女の内奥へ注ぎこんだ。

「んい、んいいッ! イキすぎて、ママ、おかひくなっひゃう……ああ、瑛くん!」

灼熱の奔流を子宮へ受けて、千歳は白く艶やかな喉を晒しながら、再び大きな嬌声をあげるのだった。

＊

瑛斗と合体したまま多量の精液を出してもらうたびに、千歳の腰は種付けの歓喜にビクんビクんと軽く跳ねてしまう。

——ああ、好き、好きぃ。ママ、瑛くんのこと、いっぱい愛してる。

中出し射精されるたびに、千歳の身体は悦びに戦慄き、理性は蕩けさせられた。

「あーッ、また子宮に直出しされて、イグ、イグぅぅ……瑛くんに、アクメさせられひゃううぅッ！　いはッ、いはぁあぁぁーッ!!」

最愛の息子に抱かれながら、種付けされる。そのめくるめく快楽に、千歳は完全に呑まれてしまっていた。

——瑛くんになら、赤ちゃんを孕ませてほしい。

下腹部が膨れるほどの射精を受けて、千歳は法悦《ほうえつ》の頂に達しつづけた。

「んい、んいい、またイグっ！　イッて、イッてッ、連続イキしながら、また気持ちよくなっひゃううぅッ、んひ、んひぃぃぃ、んっはあああーッ!!」

イキすぎて、自分でも幾度目の絶頂か、わからないほどだ。

——いっぱい出されて、お腹が張って苦しい……だけど、もっと欲しい……。

自らも腰を押しつけて、彼の射精を一滴でも多く受けようとした。

だが、多量の白濁で水風船みたいにぱんぱんに張った子宮は、それ以上は精粘液を収めきれない。

逆流した白汁は、結合部からだらだらと零れだした。

「……あ、ああ、瑛くんの精液が溢れて、もったいない……こんなにいっぱいお射精できるほど、大人になっちゃったんだ。ママ、うれしい……」

千歳は最愛の息子の温もりに浸りながら、恍惚の境地《きょうち》にいた。

ずっと、この状態がつづけばいいとさえ願ってしまう。けれど、母親として瑛斗のことを考えると、自分の気持ちは二の次になった。

――瑛くんは、ママとだと幸せになれないわよね……。

十六歳という年齢差、そして若い瑛斗がこれから出会うかもしれない人のこと。考えれば考えるほど、千歳には自分と彼が不釣りあいに感じられた。

――瑛くんとは、もうこれで最後にしないと……。

それが、今日の昼間に瑛斗と二人でショッピングをしている間、ずっと考えていたことの千歳なりの結論だった。

夜の海辺で瑛斗と繋がったままで、千歳は身を切られるような思いでいた。

「どうしたの？　ママ、黙りこんじゃって……」

「え、あ、ごめんなさい……んんッ」

そう応えた唇を、瑛斗に強引に奪われてしまう。繋がったままで、果てて敏感になった肌をねっとりと撫でられた。

瑛斗のまだぎこちない、けれど愛情たっぷりの愛撫に、イッてしまいそうなほどの深い悦びを覚えてしまう。

――こんなに欲しがってもらえて、ママ、うれしい。だけど……。

アフターセックスの、甘い睦《むつ》みあいが千歳にはうれしく、同時にひどくつらかった。

二人は熱い交わりの火照りを冷ますように、身体を重ねあったままでいた。海からの涼しい風は、相変わらず汗ばんだ肌に心地よかった。

やがて熱が収まって、二人は名残惜《なごりお》しげに結合をほどいた。

ただ気持ちは繋がったままで、キスをしたり互いの身体に触れあったりして、しばらくその場に留《とど》まっていた。

そうして、千歳と瑛斗は帰途《きと》についた。

深夜の帰り道は星が綺麗で、ときおり車が通る以外は驚くほど静かだ。

二人はしっかりと手を繋ぎながら、ゆっくりと歩いていた。

――あのこと、話さないと……。

千歳は彼のほうを向くと、自身の迷いを断ち切るように口を開いた。

「ねえ、瑛斗さん……」

「何、千歳さん？」

瑛斗の無邪気そうな顔を見て、千歳は強い罪悪感に襲われる。緊張で、彼の手をぎゅっと握ってしまう。

「その……私とセックスするのは、これで最後にしましょう……」

千歳は瑛斗に心の中で何度も謝りながら、そう口にした。もちろん、それが瑛斗に通じるはずもなく、驚きに彼の表情は固まった。

「え……どうしたの、急に。ボクじゃ、不満だったの？」

「そうじゃないの。けれど、瑛斗さんと私は、義理でも親子だから。そういうことは、慎《つつし》まないといけないと思うの……」

「そんな……」

「ごめんなさい。私も、旅先で少し浮かれてたの。冷静に母親として考えたら、おかしいわよね……」

建前《たてまえ》ばかりが口を突いて出た。あれだけセックスで悶えていて、たっぷり中出しまでされて、一番悦んでいたのに。

理不尽なのは、自分でもよくわかっていた。

ただこれ以上、身体を重ねたら、二度と離れられなくなってしまう。そんな思いが千歳の背中を押した。

「だから、ごめんなさい……元の仲よし親子に戻りましょう」

身を切られるような思いで、そう告げた。

千歳はひと言も発することができず、瑛斗の目をまともに見ることができないでいた。彼もずっと沈黙したままだった。

けれど、繋いだ手はそのままだ。千歳からも繋いだ手を離すことはできなかった。千歳の拒絶の言葉などまるでなかったかのように、二人は指を絡めあったままでいた。そうして互いの温もりを指先に感じながら、宿へと帰るのだった。

第五章　甘美な姉妹レズイキ遊戯

　宿に帰った瑛斗と千歳は、お互いに黙ったままで、ほとんど言葉を発さなかった。

　その様子に、澪もさすがに訝《いぶか》しく思ったのだろう。

　澪は風呂上がりのバスローブ姿で、瑛斗の寝室に押しかけてきたのだった。

「いったい、何があったのよ？」

「何にも、ないよ……」

「ウソよ！　お姉ちゃんも瑛斗も、お通夜みたいな顔して。普通じゃないわよ。帰りも遅くって、あたし、宿でず〜っとほったらかしだったのよ」

「それは、ごめん……」

「ほら、話しなさい。さもないと……」

　すっとそばに寄ってきた澪は、瑛斗の股間にある大切な袋にそっと手を当てる。

「大事なここ、ぎゅって握りつぶしちゃうわよ！」

「いいよ。握りつぶしてよ……もう、いらないし……」

澪の言葉が冗談なのはわかっていたが、自暴自棄《じぼうじき》になっていた瑛斗はそう言い返した。

「なっ、何、わけがわかんないこと、言ってるのよ……」

「だって、千歳さんにフラれちゃったし……ボクなんて、どうなってもいいんだ。ううッ……」

感情の昂りのあまり半泣きになった瑛斗を、澪はそっと抱いた。

「落ち着きなさいって、ほら……」

「う、うん……」

澪の張った乳房の沈むような柔らかさを頬に感じて、瑛斗の気持ちは少し鎮まった。

そのままベッドに腰を下ろして、今日あったことを澪に話した。

「……そう、お姉ちゃんと……」

「うん。でも、エッチしたあとにフラれちゃって……ねえ、どうしてだと思う？　澪ねえなら、千歳さんの気持ちがわかるんじゃないの？」

「ちょ、ちょっと……そういうことは、自分でなんとかしなさいよ。あたしに頼るのはおかしいわよ」

「え、どうして……？」

「あたしだって、瑛斗が好きなのよ。お姉ちゃんとはライバルなんだから。そのあたり、ちゃんとわかってるの!?　そんなふうに鈍感だから、お姉ちゃんから見放されちゃうのよ！」

「そ、そうだよね……」

澪の言葉でどん底に突き落とされ、貝のように黙りこんでしまう。

「あ……やば……ち、違うわよ。ほら、そういう意味じゃなくて……もうっ、どうしてあたしが、瑛斗に気を使わないといけないのよ……」

「ごめん……」

瑛斗がちらりと澪を見ると、彼女は仕方ないと言ったふうに話しはじめた。

「その……お姉ちゃんは瑛斗の母親でしょう。それは、あたしと違って、いろいろ思うところもあるんじゃない？　身体を許してくれたってことは、脈アリだとは思うけど……」

「けど……？」

「一筋縄《ひとすじなわ》じゃいかないわよね。理由は、お姉ちゃんに聞かないとわからないし」

「そうかあ……」

澪に言われて、千歳と結ばれることの難しさを理解する。同時に、嫌われているわけではないこともわかった。

身体を重ねたときの乱れぶり、そしてずっと繋いでくれていた手。千歳の好きだという熱い思いを、彼はしっかりと受け取っていた。

「ねえ、瑛斗……お姉ちゃんよりも、あたしにしない？　お姉ちゃんよりも若いし、瑛斗のこともよくわかってるし、何よりいっぱいエッチなことしてあげられるよ」

澪は無防備なバスローブ姿のまま、瑛斗の腕にしなだれかかってきた。

「え……あ……その……」

濡れたショートヘアからは柑橘系のシャンプーの香りが漂い、瑛斗の鼻腔を甘くくすぐってくる。風呂上がりの美貌は上気して、澪をより色っぽく見せた。

澪の手が股間に再び伸びると、ふぐりを甘く撫でさすってきた。指先の繊細《せんさい》な動きに陰嚢は翻弄されて、そのまま竿がぎゅんとそそり立った。

「あ……あう、あううッ」

「もう、イケそうね……相談に乗ったんだから、お返しをしてもらわないとね」

澪はベッドの真ん中に移動すると、ローブを大胆に脱ぎ捨てた。

小麦色に焼けた四肢《しし》と、ワンピース水着で覆われていたボディの抜けるように白い肌。

淡い褐色と雪色の肌のコントラストが目に眩しく、瑛斗の視線は美しく焼けた肢体に吸い寄せられた。

——澪ねえの裸、焼け痕が残っててエッチだ。日焼けしていない肌の白さが、エロすぎだよ……。

特に太腿の付け根から腰への切れあがったハイレグラインによって、日焼けした太腿と白く艶やかな鼠径部が綺麗に分かれていた。

むっちりした飴色の太腿の存在が、下腹部の乳白の絹肌を強く際立たせて、そこに咲くあでやかな秘華を淫らに見せていた。

すでに秘唇はぐっしょりと濡れていて、澪が二本指でくぱぁと開くと、溜まった愛蜜が雫となって滴り落ちて、妖美に銀糸を引いた。

「瑛斗、舐めなさい……あたしにいっぱい、借りがあるんだからね」

「……え、う、うん……」

澪の蠱惑的な美しさに引きこまれるように、瑛斗はそろそろと彼女へ這い寄った。

噎せかえるような膣の甘い酪臭が漂い、脳の芯まで蕩けさせられてしまう。

「澪ねえのおま×こ、いっぱい堪能しちゃうよ……」

「いいわよ。その代わり、ちゃんと気持ちよくしなさいよ。ほら、おあがり！」

ペットに餌をやるような調子で腰を艶めかしく突きだして、瑛斗の鼻面をクレヴァスで包みこむ。秘部のぐちゅぐちゅとぬかるんだ感触が、鼻腔や唇を塞《ふさ》いだ。

熱く蕩けるラブジュースに顔が汚されるのを感じながら、舌を膣奥へぢゅぱぢゅぱと這わせていく。溢れた蜜が舌に絡み、口腔を粘り気が満たした。

「あんんッ、ふふ、犬みたいね、瑛斗。昔っから、あたしの周りにちょろちょろ着いてきて、わんこみたいだったし、別に変わらないわよね、んんッ……」

「……んう、んううッ……はふぅ、だって澪ねえのここが、エッチだから……」

発情した犬のように、激しく澪の姫割れに鼻先を押しつけて、舌で秘溝をしゃぶりつづけた。クリトリスを舐めあげて、膣孔をじゅぶじゅぶと舌先で小刻みに貫く。

そうして溢れたジュースを、口腔に溢れさせた。受け止めきれずに、口の端からも蜜が涎のように顎先へ伝い落ちた。

「あたしのせいにしないの。ほら、苦しいなら、飲んじゃないなさい！　んんッ、あたしのエッチなお汁、瑛斗にあげるから、も、もうッ……」

澪はほぐれきったラヴィアをぐいぐいと瑛斗へ押しつけてきた。膣口の妖しい震えから、果てそうなのが確かに伝わってきていた。

「んうッ、んむうッ、い、イクのッ？　澪ねえ、い、イッちゃう……むぐぅ」

「瑛斗は、よけいなこと気にしないで、あたしのおま×こ舐めてなさいよ！　あ、あぁッ、い、イク、イクぅッ、瑛斗にイカされひゃうッ、んっはあぁぁーッ!!」

あられもない嬌声とともに澪は愉悦を極めた。激しいオルガスムスの悦びにガクガクと腰を痙攣させた。

舌を突きこんだままの秘筒は収縮し、ぶしゅぶしゅと淫らに潮を噴きあげた。

さらさらした液が、顔面をぶっかけコーティングした。澪の雌孔は口先に押しつけられたままで、口腔内へ蜜の洪水が流しこまれた。

「……むぐうう、んむぐぐ……んうぶぅぅ……」

瑛斗は夢中で、溢れる液を嚥下していく。

──あふぅ、澪ねえのエッチなお汁、いっぱいだ。

澪の甘いジュースで窒息しそうになりながらも、喉を鳴らして蜜を啜り飲んだ。

酸欠で半ば薄らぐ意識の中で、瑛斗は澪の下腹部へ顔を埋める至福に、怒張を雄々しくそり返らせたのだった。

「あは、瑛斗にイカされちゃうなんて……ああ、信じられない……」

果てた余韻にうっとりとしたまま、ゆっくりと秘部を彼の顔面から離した。

「う、うう……」

澪の雌飛沫を浴びて、瑛斗はどろどろの顔を晒していた。呼吸は苦しげで、瞳は朦朧として焦点《しょうてん》があっていない。

「こんなになってまで、あたしのおま×こに顔をくっつけたままで……本当、どうしようもない変態よね」

そう彼を嬲りながら、澪は舌をれろりと突きだして、彼の顔面を動物みたいに舐めていく。ぺちゃぺちゃと音をさせて、広げた舌で顔を綺麗にした。

その間も、瑛斗はずっとされるがままだ。

彼の従順《じゅうじゅん》な姿と惚けきった表情が、澪の官能を激しく掻きたてた。

「はふ、これで綺麗になったわよ。ほら、瑛斗、横になりなさい。あたしがもっと気持ちよくしてあげる」

「……よ、横にだね。わかった」

瑛斗は言われるがまま仰向けになり、その上に澪は乗る。そうしてシックスナインの体勢のまま、瑛斗の雁首を咥えこんで、しゃぶりはじめた。

「んちゅ、ちゅ、んちゅぱッ……瑛斗も、ほらッ」

「あ、澪ねえのおま×こ、な、舐めるね……」

ぐいぐいと押しつけられた恥裂を、瑛斗はさも自然に、ちゅぱちゅぱと吸いたてはじめた。

「そうよ、だんだん……んちゅ、ぢゅぱぢゅぱッ、わかってきたわね」

澪は瑛斗が舐めやすいように尻を浮かして、股間を顔面の直上へ持っていく。そこに瑛斗の唇が食らいつき、激しく澪を責めたてた。

「あん、あんんッ、もう、いやらしいわね……さっき、あんなにお潮ぶっかけされたのに、まだ舐めしゃぶり足りないのッ！」

瑛斗のクンニの激しさに、澪は蕩けきった表情を晒した。

間近で秘処を見られ、そこを舐めしゃぶられる恥ずかしさに昂り、同時に瑛斗に汚らしい場所を舐めさせていることに、サディスティックな悦びを覚えていた。

――あんなに一生懸命舐めて。本当に可愛いコ。この従順さがたまらないわね。

膣汁を瑛斗に啜られながら、澪も彼の剛直にフェラしつづけた。手でカリをしごきたてるとカウパーが滲み、それをぢゅるるるると吸いあげた。

「あ、あひぃ、み、澪ねえ、で、出るよ、出ちゃうよッ……」

「まだ、だ〜めッ!」

射精の先触れにビクつく屹立の根元を、ぎゅっと指で押さえこんだ。

「あ、あうう、で、出そうなのに……で、出ない……」

「まだ、ダメって言ってるでしょ。瑛斗の弱点はあたしが全部、握ってるんだからね。ほら、目の前に玉袋もあるし……このままぎゅって握りつぶしちゃったら、どうなるかな?」

「さ、さっきもそんなこと言ったし。悪い冗談やめてよね……」

「あは、ちょっとは金玉ひゅんってした? それがイヤなら、いっぱいあたしを気持ちよくしなさい!」

澪はそう言うと、手のひらの上でふぐりを甘く転がしながら、幹竿を深く咥えこんでディープスロートをしはじめる。

「う、ううッ。澪ねえ、それいい、いいよッ……」

瑛斗も澪のフェラの激しさに呼応するように、舌をぬちゅぬちゅと激しく蠢かせた。

舌で削《けず》るように陰唇を割り開き、内奥を小刻みにピストンした。

「あん、あんんッ、瑛斗もなかなかやるじゃない。そうッ、そうよ。もっと、あたしのおま×こを、めちゃくちゃにして……あふ、あふぅ、んふぅぅ……」

乙女の恥部を巧みに責められて、澪は下腹部を悦びに震わせた。膣からは淫汁が滴り、瑛斗の顔を濡らした。

それでも瑛斗の舌は執拗《しつよう》に秘溝を撫であげて、滲みだすジュースを音を立てて啜り飲みつづけた。

「くふ、くふぅ、んくふぅ……そんなに一生懸命、しゃぶって。ああ、あたしのマン汁が、そんなにいいのかしら。ほらッ、もっとあたしのおま×こ、舐めて、吸って、いっぱい感じさせてぇ……」

澪は瑛斗を煽りながら、そのクレヴァスを彼の鼻先にぐりぐりと擦りつけた。

「あふ、あふぅ、舌が奥に潜ってきて……いい、いいわよ瑛斗。もっとして……」

瑛斗の鼻がクリトリスを刺激し、溢れる蜜が激しくバキュームされた。澪は下腹部を丁寧に愛される悦びに、背すじをピンと反らし女体を戦慄かせた。

ひたむきな瑛斗のクンニに、澪はますます彼に夢中になった。

——一生懸命な瑛斗も、情けない瑛斗も全部、好き。瑛斗のことは、お姉ちゃんよりも、あたしのほうがよくわかってるのよ。

年上のプライドも、強く見せようという思いも何もかもが霧散《むさん》し、雌汁をだらだらと漏らしながら、割れ目を瑛斗の顔のでこぼこに押しつけた。

「瑛斗の顔のでこぼこ、あそこに感じて……この体勢、エッチすぎて、すっごい興奮しちゃう。あは、あはぁぁ……」

淫らな高揚のままに、澪は瑛斗の顔面に秘部を擦りつけて、ぐちゅぐちゅと淫らな粘音を響かせた。

その下半身を快美が幾度も貫き、澪は自分の意思で腰の動きを止めることができなくなっていた。瑛斗へフェラすることも忘れて、体を起こしたままで腰を前後左右にグラインドさせた。

澪は彼の顔オナで喘ぎ、乱れて、喉元を晒して甘い嬌声をあげつづけた。

「あひ、あひッ、あひぃぃ……もっと、して。いっぱいして。瑛斗に、たくさん感じさせられたひッ、あはぁッ、あはぁぁーッ！」

次第に重みが瑛斗にかかって、秘処が瑛斗の顔型に変わっていくのがわかった。可愛い甥っ子を恥部で感じながら、彼への支配欲がますます強まっていく。

——瑛斗を、お姉ちゃんに渡したくない。あたしのものよ。

澪は上体を屈めると、愛欲の昂りのままに彼の逸物を手で激しくしごきたてる。雁首の張りだしを擦りあげて、カウパーをどぷどぷと滲ませた。

剛棒はさらに隆々と勃起して、瑛斗の興奮ぶりが伝わってきた。

「瑛斗、また大きくして。顔におま×こ押しつけられて感じてるなんて、ド変態もいいところよね、んあ、んああッ」

「……うう、んうッ……むぐぅ……」

瑛斗は反論しようにも、濡れたクレヴァスと双臀の脂肪で顔を塞がれていて、唸り声ぐらいしか出せない。

溢れた蜜が彼の顔をぐしょぐしょに濡らして、澪の股間の蒸れた濃厚な香りで、窒息しそうになっていた。

澪はそれをわかっていて、蜜の滴るラヴィアを、ぐちゅぐちゅと彼の鼻先へ絡めた。

「あひ、あひぃ……い、イグ、イグぅぅッ。瑛斗の顔で、気持ちよくなるぅぅ……ほら、瑛斗もいっしょにイッて……あたしだけなんて、許さないから……」

むっちりと張った内腿の柔肉で彼の顔をホールドし、ぬかるんだ股間で瑛斗の顔面を覆う。

そのほぐれきった花弁を、ぐちゅぐちゅと瑛斗の顔へ押しつけて、澪は顔面騎乗オナに耽った。

蜜が多量に溢れ、噎せかえるようなメスの香りがあたりに立ちこめる。澪自身もその匂いに酔って、半ば理性は掻き消えていた。

そうして淫らな喘ぎ混じりに、愛する彼の名前を連呼しながら、澪はクライマックスへ昇っていく。

「い、イグぅぅ……あたし、イグぅんッ！　あはあぁぁッ!!」

身体の芯を貫く快美に震えながら、澪は寝室いっぱいに響く艶声をあげた。

同時に瑛斗も果てて、屹立から乳白液が勢いよく吐きだされた。

「あはぁ、精液、たくさん出て……あたしの身体に、あんッ、かけられひゃってる……」

澪は瑛斗の放精を浴びて粘液まみれのまま、終わらない絶頂を感じつづけていた。

「……ひう、ひうう……い、イッたまま、き、気持ちいいの、止まらなひぃ……」

澪は潮を激しく噴く。秘裂を妖しく脈動させながら、瑛斗の顔へびゅくんびゅくんと、淫らな汁を溢れさせた。

「んう、んうう……あはッ、潮吹き、収まらない……あはぁ、あはぁぁ……瑛斗の顔に直接、ぶっかけしちゃったぁ……あ、ああ……」

姫孔から、ぶしゅぶしゅと潮が溢れて、瑛斗の顔に滴り落ちた。澪は秘部をぶるつかせるたびに、透明な液が飛沫となって溢れた。

「まだ、出て……ごめん、瑛斗。エッチなお汁のお漏らし、止まらない……」

溢れる潮を出しきった澪は、排泄《はいせつ》の愉悦にも似た心地よさで、ぶるると身体を震わせた。だが、多量の雌汁を浴びせられた当《とう》の瑛斗からは何の反応もない。

「え、瑛斗!? ねえ、大丈夫？」

さすがに心配になった澪は、ゆっくりと尻をあげた。

瑛斗はマットレスに半ば沈んだまま、澪の尻に窒息させられて、はひはひと苦しげに息をしていた。

「……う……ううッ……なんとか、大丈夫、かな……」

「あんまり大丈夫じゃないみたいだけど……こっちはまだ、元気溌剌よね……」

その言葉どおり、彼のペニスは逞しく隆起していて、だらだらと精を溢れさせていた。白汁で潤沢《じゅんたく》に濡れた剛棒は、澪を強く誘っているかのようだ。

澪は騎乗位の体勢で、再び瑛斗に跨がった。そうしてサディスティックに見下ろしながら、瑛斗と繋がった。澪は太腿を淫らに開くと、腰を激しく上下させて、幹竿の感触を膣全体で楽しむ。

やがて瑛斗も息を吹きかえして、腰を荒々しく突きあげてくる。高校生のスタミナに感心しながら、澪は彼の腰の上で心ゆくまで喘ぎ、大きく果てた。

熱い精がたっぷりと膣奥へ注がれて、はぁはぁと息を荒げながら、うっとりとした表情を晒してしまう。

その顔を、瑛斗は惚けた顔でじっと見つめてきた。

「あは、あはぁ、何見てるのよ……あたしのよくなってる顔が、そんなにいいの？」

「うん、最高だよ。千歳さんもだけど、きちんとした女のヒトが、セックスで乱れるときの顔が、たまらなくいやらしい。こんな大人の世界、今まで知らなかったよ……」

「女は誰にでもこんな顔、見せるわけじゃないの……」

瑛斗と繋がったまま、澪は身体をゆっくりと傾《かたむ》けていく。胸の膨らみを彼の胸板にぐりぐりと挑発的に押しつけながらつづけた。

「好きなヒトにだけよ……そこは、ちゃんと理解しなさいよ、瑛斗」

「んう、んううッ……」

そうして彼が返事するよりも先にその唇を奪うと、甘く唾液を流しこんだ。

流しこまれた蜜を、瑛斗は喉を鳴らして嚥下していく。その従順な姿が愛らしく、澪の淫らな気分はますます高まった。

「ねえ、瑛斗……大人の世界を、もっと知りたくない？」

ねっとりと耳元で囁かれて、瑛斗の屹立が澪の中で大きく伸張《しんちょう》した。

「し、知りたいよ。澪ねえ……」

「いいわよ……大人のセックス、しましょう」

澪はこれ以上ないほどの妖艶《ようえん》な笑みを浮かべると、腰を浮かして彼へお尻を突きだす。引き締まった優美な双尻を軽く左右に振りたてて、彼を誘ってみせた。

「澪ねえのお尻……綺麗で、いやらしいよ」

妖しく波打つ尻たぶに強烈な視線を感じて、澪は身体の芯を熱く蕩けさせてしまう。

——あふ、瑛斗ったら、本当にドスケベすぎ。あたしのお尻、ガン見してる……。

双尻を高く突きあげながら、澪は中心の窄まりを指で押し拡げてみせた。

「ここに……あたしのお尻に、瑛斗を欲しいの……」

澪自身、アナルセックスへの強い興味があって、瑛斗の挿入をねだった。それにアナル処女を失うなら、彼にこそ捧げたいと心から思っていた。

「え……大人のセックスって、お、お尻でってこと……？」

「そうよ。瑛斗のオチ×ポを、ここへ入れてほしいの。お尻の処女も瑛斗にあげる」

「お尻の処女……い、いいの？　ボクに、く、くれるなんて……」

瑛斗の熱い眼差しが、一気にアナルへ注がれる。尻孔の内粘膜を注視され、その羞恥のあまりに、蕾《つぼみ》がヒクヒクと震えてしまう。

「ほら、見てないで……どうするの？　お尻でセックス、したくないの？」

「し、したいよ……澪ねえの、お尻が欲しい！」

澪の言葉に強く誘われて、彼は澪のお尻に後ろからしゃぶりつく。そのまま手指を柔尻に食いこませて、むにむにと揉みしだいてきた。

同時に顔を尻の狭隘へ埋めて、ぺちゃぺちゃと谷間へ舌を這わせてきた。

「あひ、こら、瑛斗。そんなところ、舐めるなんて……」

彼の舌は触手のように淫靡に蠢いて、尻孔に潜りこんでいく。そのまま菊割れを拡張するかのように、舌胴まで侵入された。

そのまま窄まりをほぐすように、舌がじゅぶじゅぶと深く抜き挿しされた。

「でも、入れるんなら、こうしてほぐさないと……」

「そ、そうだけど……あ、あふ、あふぅ……んうふぅッ……」

ぬるついた感触が肛門を出入りし、その固く閉じた肛肉を緩めていく。

——あふ、お尻の中、瑛斗に舐められちゃって。は、恥ずかしい。

舌の抽送にほぐされて、尻の朱蕾は淫らに開花していく。やがて、太指さえすんなり入るほどの大きさになった。

尻孔が拡張されて、腸腔内を冷たい空気が通った。その奇妙な感覚と、舌粘膜のざらついた刺激が交互に澪を襲い、野太い喘ぎが口から溢れた。

――あたし、このままずっと瑛斗にお尻、な、舐められつづけちゃうの。こんなの耐えられないッ。

延々とアナルが舌でほぐされて、澪を火のような羞恥が襲いつづけた。

ほぐれきった肛門は、舌根までやすやすと受けいれていて、軟体《なんたい》動物のような瑛斗の舌が激しく出入りし、直腸を浅くシェイクした。

「……あ、あふぅ、こら瑛斗、お尻の孔、舐めすぎ……お、お、おほぉ……」

澪の直腸は瑛斗のいきりを欲して、淫らに蠕動する。その受け入れ準備は、すでにできていた。

ただ、アナルセックスに不慣れな瑛斗は、切り替えどころがわからないのか、執拗に舌でのアナル舐めがつづいた。

――も、もう、ダメ。アナルにオチ×ポ、欲しい、欲しいのぉ……。

アナル拡張は、生殺しのようにつづけられた。延々とつづく焦らし行為に、澪はおかしくなってしまいそうだ。

限界を超えたお預けに耐えかねて、澪は自らアナルファックを請《こ》い求めた。

「え、瑛斗ッ……い、いいかげんにあたしのお尻、犯しなさいよ！　早く、瑛斗のデカマラでお尻を犯してッ、めちゃくちゃに感じさせてよぉッ！」

澪は焼け痕の艶めかしい美尻を、激しく振りたてて身悶えする。腸孔はアナルクンニのおかげで緩んで、唾液と腸液の混ざった液が、ダラダラと零れだしていた。

「わかった……澪ねえのアナル、も、もらうよッ！」

「来て、瑛斗……んう、んううッ……」

澪の言葉が終わらないうちに、硬いものがずぶりと菊孔を押し拡げ、奥へと潜ってきた。

「ん……んお、んおおッ……お尻の中、拡げられひゃって……いい、いいのぉ……」

腸内を剛直で押し拡げられる感触に、ケダモノの吠え声のような呻きが口から突きでた。未知の快楽に肌が粟《あわ》立ち、自分から求めたにもかかわらず腰を引いてしまう。

——お尻、感じすぎて。頭が真っ白になっちゃう。

瑛斗は澪の腰を捉えて逃がさず、ゆっくりとピストンを加えてきた。腸内が雁首の張ったエラに甘く擦りたてられ、内奥まで拡張されていく。

挿入の異物感と、引き抜きの排泄感が交互に澪を襲い、その摩擦悦に全身が蕩けさせられていく。

——ダメぇ、お尻で感じすぎて、ち、力が抜けそう……。

お尻の喜悦で骨抜きにされてしまいそうなのを、澪は必死で耐える。年下の、しかも高校生の瑛斗の前で、あっさりと弱みを見せたくはなかった。

——お、おほぉ、高校生の瑛斗にアナル犯されて、感じちゃってる。

はひはひと息を荒げて、舌をだらしなくはみださせながらも、四肢を突っ張って必死で体面《たいめん》を保《たも》とうとした。

「くうッ、澪ねえのお尻、すごい締めつけで……ああ、たまらないよ」

「どう、瑛斗……お尻でのセックス、す、すごいでしょ？」

「さ、最高だよ……澪ねえの中、すごくつるつるして、精液を欲しがって、ぴったり吸いついてきてるッ、んううッ」

澪の直腸の収縮に、瑛斗は情けない声を出す。

——瑛斗、あたしのお尻で感じてくれて。やっぱり、可愛い。

彼が感じているのが手に取るようにわかって、彼への愛情が溢れて止まらなくなってしまう。

澪自身も彼の動きにあわせて腰を振り、その禁じられた快感を貪った。本来、生殖の悦びとは無縁の器官で悦びを感じることに、無上の背徳悦楽を覚えてしまう。

──お尻で感じるなんて、いけないことなのに、これクセになっちゃう。ああ、好き、好きぃ、お尻でされるの、好きぃぃ……。

ずぶずぶと剛棒の抜き挿しをされるたびに、膣でのセックスとはまったく違う歓喜が背すじを貫き、そのまま全身を蕩けさせた。

深い愉悦に蕩けさせられて、大好きな瑛斗の前で一匹のメスへ変えられていくことがうれしく、そんな自分に彼が興奮してくれることが誇らしかった。

「……う、あうう……ほら、瑛斗、もっと動いて……初めてのアナルセックスなんでしょ、もっと、いっぱい堪能しなさいよ……」

「う、うん、ありがとう……腰がよすぎて、止まらないよッ、うぐぅ……って、澪ねえも、お尻は初めてなんでしょッ⁉」

瑛斗は息を切れぎれに吐きながら、腰の抽送を加速させていく。

「あは、バレた？　んお、んおお、んおうぅ……も、もう強がるの限界かも……」

「バレるのも何も……澪ねえ、アナル処女をくれるって、んうッ！」

拡がった尻孔は雁首が淫らに出入りするたびに、朱色の腸粘膜をかすかに覗かせた。

内奥から滲んだ腸液は、秘蕾の周りを潤わせて、尻の渓谷から内腿へと流れた。

「アナル、す、すごすぎて、軽口叩く余裕、ぜんぜん、ないし……お、おお、あおお……」

「もっと激しくするね……ボク、我慢できなくなってきちゃった」

「そんな、これ以上は……あお、あおおッ、おほ、おほおぉ……激しすぎ……」

逆に瑛斗のほうに余裕が出てきたみたいで、澪のアナルの感触を楽しむように、ねっとりと腰を前後させた。

「す、すごい、お尻の奥まで瑛斗にガバガバに拡張されひゃって、ピストンのたびに空気が入って、す〜す〜するぅ……」

「ほら、もっと気持ちよくなってよ……ボク、出すの、頑張って我慢するからッ」

瑛斗は膨らんだ尻たぶを押し潰さんばかりに腰を密着させて、剛棒を最奥へ突きこんだ。硬い穂先でS字結腸を刺激されて、澪はメスの本性をさらけだして喘いだ。

「瑛斗のオチ×ポでお尻の奥、ずぼずぼッ。これぇ、よ、よすぎて、ケダモノみたいな声ッ、出るうッ……お、おおッ、あおおッ……」

四つん這いのままで顎を反らして、澪は一匹の獣となって身悶えした。そうして欲望のまま尻を激しく振りたくって、瑛斗の太幹をアナルで感じつづけた。

「おう、おううッ、んおおッ……いい、いいッ、お尻、たまらなくよすぎなのぉ。瑛斗のデカチ×ポで奥まで拡げられて……直腸の底ッ、ガンガン突かれてぇ、おほッ、おほぉぉッ！」

「澪ねえのお尻、こんなに奥までボクのをずっぽり咥えこんで。それに、根元が肛門で締められて、ボクの精子を搾りだそうとしてるッ、ううッ！」

直腸を完全に貫かれて、澪は性欲のままにペニスを貪った。腸奥が幾度も刺激されて、快楽でどろどろに溶かされていく。

──お尻でのセックス、想像以上にすごくて、あ、ありえないしッ。このままだと瑛斗に一方的に、イカされひゃうッ！

澪は昂りのままに腰を振り、肛門を貫かれる禁断の悦楽に浸りつづけた。同時に腸奥で彼の怒張が震え、射精が近いことを知らせてきていた。

「あおぉ、おおぉ……瑛斗もイキそうなのね。い、イッていいよ。あたしも、もうイク、イクぅぅ……アナル処女なのに、開発初日でイク、イッひゃうのぉ……んおぉッ……」

「うう、最後までボク、頑張るから……澪ねえもいっしょに、い、イッてよ！」

瑛斗はアナルの奥へ収めた剛棒を小刻みに動かして、腸奥をノックしつづけた。そのつど、全身の骨が溶け失せてしまうかのような随喜が澪を襲った。

「瑛斗、す、すごい。オチ×ポで、お尻のズボズボぉ、激しくって、こ、壊れるぅ、そんなにされたら、あたし、壊れちゃううぅ、お、おおッ、んおおッ！」

「うう、ごめん。澪ねえのアナル、よすぎて、もう止まらないッ、んうううッ！」

「おほ、おほぉぉ、アナル奥ぅ、めちゃくちゃにされて、あたし、い、イグ、イグぅう、イグイグイグぅッ、も、もうッ……」

「ボクも出すよッ……澪ねえのお尻に、ザーメンぶちまけるから。くうううぅッ!!」

雄叫びとともに、瑛斗は腸奥へ雁首をずぶりと押しこんできた。そうして鈴口から、沸騰しきった精乳を腸内へ噴きあげた。

「おお、おぐぐぅッ、瑛斗の熱々ザーメンでイッぐぅッ！　おほおおぉーッ!!」

澪は腸奥に叩きこまれた熱い衝撃に、下腹部をぶるぶると戦慄かせて、アナル絶頂した。四肢を突っ張らせたまま、上体を反らして、中に出されつづける子種を受けとめた。

ビクビクと亀頭を痙攣させながら灼熱が打ちこまれるたびに、澪の直腸を快美の電流が走って、背すじへと抜けていく。

「い、イッてるぅ、あたし、アナル中出しされるたびに、はひ、はっひぃぃッ、イッひゃって……アクメが止まらないのぉ……」

腸内が瑛斗の分身で満たされて、下腹部が張ってくるのがわかった。やがて収めきれなくなった白濁は、接合部から溢れてだらだらと零れだした。

「あんッ、瑛斗の精液、全部あたしのものよ。出しちゃうなんて、もったいない！」

澪は無意識で股間に手を当て、溢れた精を手で受けとめた。

――処女も、アナルも全部、瑛斗に捧げちゃった……。

そのまま掬《すく》いとった精を口元に持っていくと、その鼻に抜けるような淡い栗の香りを楽しみながら、じゅるるると口に含む。

腸内に子種をたっぷりと中出しされる悦びに酔いしれながら、うっとりとした心地で喉に絡んだ精乳液を嚥下した。

澪は瑛斗にアナルを満たされたまま、ベッドの上にゆっくりと崩れた。愉悦の凄まじさに全身が溶けて、液体になってしまったみたいな錯覚《さっかく》さえ抱くほどだ。

肩でぜいぜいと息をしながらも、澪のメスの本能は無意識に尻を揺さぶって、その挿入をねだってしまっていた。

再び瑛斗のピストンが始まり、澪は全身に広がる快感の渦《うず》に呑まれていく。

「瑛斗はあたしのものだから、お姉ちゃんには絶対、渡さないから……」

悦楽に薄れゆく意識の中で、喘ぎながら、そう漏らした。

そのままアナルを激しく掘削《くっさく》されて、腸奥が幾度も激しく貫かれる。

禁断の歓喜に身を震わせて、ケダモノみたいな喘ぎをあげながら、澪の意識は快楽一色に塗りつぶされていくのだった。

＊

翌朝。塞ぎこんだ瑛斗を宿に残して、千歳と澪はスノーケリングに出かけた。

自分も連れていってほしい。そう澪が、千歳に強くせがんだのだ。

千歳の運転する車で、二人は目的地へ向かった。

澪は千歳と二人きりになったら、瑛斗が誰のモノか、ハッキリさせるつもりだった。

ただ、久々に千歳といっしょに海に潜れることはうれしくて、知らずしらず心が弾んだ。

——お姉ちゃんと二人だけで海に潜るなんて、何年ぶりだろう。

少なくとも、千歳が結婚してからは皆無《かいむ》だった。

九歳も年上の千歳は、澪のことをいつも可愛がってくれていた。

澪は生意気を言いながらも、彼女の包容力《ほうよう》に甘えていた。千歳の趣味であるスノーケリングにも付きあって、夏になったらよく近くの海へ潜りに出かけていた。

ずっとそばにいてくれると思っていた姉だったが、七年前の結婚で千歳は家を出ていってしまった。

そのときの澪はまだ十七歳で、今の瑛斗と同じ高校生だ。

――旦那さんに、大好きなお姉ちゃんを取られたって感じだったもんね。

千歳に強く惹かれて、姉妹以上の恋慕《れんぼ》の思いを抱いていた澪にとっては、初めての失恋だ。千歳は、そのことに気づいてるんだろうかと今も思う。

やがて車は千歳のお勧めのスポットという、小さなビーチに到着した。そこから二人は潜り、あでやかな海中の景色を堪能した。

ウエットスーツに身を包み、千歳と海に潜ったりしてはしゃいでいると、好きだったときの熱い気持ちが蘇《よみがえ》ってきてしまう。

――お姉ちゃん、誰にでも優しいし。勝手に勘違いさせちゃうの、ずるいよね。

我ながら勝手だとは思った。けれど、純真だった女子高生時代の恨みも、熱いときめきも、簡単に忘れることはない。

澪は複雑な思いを抱きながら、千歳に手を引かれて海中を進んだ。

目の前で極彩色の小魚が群れ躍り、あでやかな珊瑚の上を泳いでいく。息を呑むような絶景だが、心の底から楽しむことはできなかった。

千歳に案内されて、秘密の洞窟へたどり着いた。うっすらと陽の差しこむ洞窟内は静かで、波の音だけがこだましていた。

奥の砂地で、澪と千歳は腰を落ち着けて小休止した。

「はぁ、ちょっと疲れちゃったわねぇ」

千歳は濡れた長い髪を掻きあげながら、息を吐いた。黒と紫のウエットスーツ姿はゾクゾクするほど凛々しくて、澪はつい見惚れてしまう。

「な、何よ。澪、じっと見て……澪みたいに、可愛いスーツのほうがよかったかしら？」

「そっちのほうが、お姉ちゃんに似合ってると思うよ……」

澪が着ているのは千歳のそれとは対照的な、薄桃色のあでやかなウエットスーツだ。派手さと愛らしさに、澪も着るのに躊躇があった。

「思いきって着てみたけど、あたしのはちょっと可愛すぎかも……」

「そんなことないわよ。澪は脚も綺麗だし、スーツ本当によく似合ってるわよね。私も、もう少し若かったら、そういうの着てみたかったもの……」

「あ、え……そ、そうかな……だといいけど……」

千歳の言うとおり、艶のあるピンクは華やかで、澪の肢体を愛らしく彩ってくれていた。細い腕や腿も、スーツで引き締まって見えた。丸みを帯びた内腿から股座にかけての艶やかなラインは、自分でもいやらしいと思う。

引き締まったお腹、下腹部のかすかな膨らみから股間にかけての、うねるような優美な流れは純粋に美しくて、我ながらほれぼれと見てしまう。

千歳の目から見ても美しく見えるなら、それは澪にとって、うれしく、また誇らしい。

「うん。可愛いわよ。こうやって、抱き締めたくなっちゃうぐらい……」

千歳は澪の身体を包みこむように、ぎゅっと抱きしめてきた。かすかな潮の香りが漂い、スーツ同士の擦れる、かすかな音が鳴った。

「あ、ちょっと……お姉ちゃん……」

「澪をこうして抱っこするの、何年ぶりかな……」

「たぶん、結婚して以来じゃない。旦那さんにお姉ちゃん、取られちゃったし……」

そんなこと言うつもりはなかったが、澪はつい口にしてしまう。間近で甘い千歳の香りが漂い、その甘さに負けまいと、憎まれ口を利いてしまう。

「……え、取られたって……」

押し殺していた思いが溢れて、澪にもコントロールできなくなっていた。

「お姉ちゃん、結婚してから、あたしとのスキンシップ、さけるようになったよね。あんなに可愛がってくれてたのに……」

「な、何言ってるの、澪……」

「あたし、お姉ちゃんのこと、好きだったのに……お姉ちゃんも、ちょっとはそういう気持ちあったんでしょ……なのに、ずるいよ……」

隣りあって座ったまま、澪は千歳へ身体を寄せた。

美しく膨らんだ胸部を、千歳の豊かな張りだしへ押しつける。スーツ越しだが千歳の巨乳の弾力は、しっかりと伝わってきた。

澪の行為に、さすがの千歳も戸惑いを隠せないでいた。

「や、やめなさい……あ……もう……」

離れようとする千歳の身体を抱きとめて、澪は強引に自分のほうへ引き寄せた。

そのまま昂りにまかせて、千歳の生白い首筋に唇を這わせて、ちゅぱちゅぱと吸った。姉への思いが噴きだして、抑えられない。

「キスだって、お姉ちゃんが教えてくれたんでしょ。こうやって……」

澪は千歳のぽってり膨らんだ朱唇に自らのそれを重ねると、わざとらしく音をさせてキスする。千歳も拒否することはなく、澪のキスにされるがままだった。

「あ……澪、もうやめて……私は人妻なのよ」

「でも、旦那さんはもういない。誰のものでもないわよね。だったら、少しぐらい……」

舌を千歳の口腔に潜りこませて、その中を蹂躙しながら、スーツの上から彼女の柔肌をまさぐっていく。

押し詰まった乳塊が揉みしだかれて、ぎゅむぎゅむとスーツの中で形を変えた。そうして水を吸ったスーツから、海水がぼたぼたと滴り落ちた。

「はふ、はふぅ……澪。やめなさい、こんなところで……」

「こんなところだから、できるんじゃない。姉妹二人きりで、邪魔の入らない機会なんて、そうないわよ……」

澪は興奮のままに、千歳の胸元のファスナーをずり下ろして、押し詰まった姉の片爆乳を引きずりだす。露になった豊満な片乳房は、ぷるんと生々しい震えを見せた。

そのクッションの効《き》いた、乳袋の肌触りと弾力を堪能しながら、もう一方の爆乳を勢いよく引きずりだした。

ウエットスーツから剝きだしになった双爆は、澪から見ても嫉妬するほど淫らな色気と存在感を辺りに放っていた。

その双塊のたぐいまれな大きさや量感は、癒やしと淫らさの象徴であり、男が翻弄されるのもよく理解できた。

「お姉ちゃんの身体、綺麗だよね……あたしからすれば、もうおばさんなのに、こんなに瑞々しくて、エッチでずるいわよ。この身体で瑛斗をたぶらかしたの……」

「な、何を言うの、澪……」

「肉体関係を持ったこと……瑛斗に聞いて、知ってるのよ」

千歳のはち切れんばかりの乳果を、澪は下から支えるように、むにゅむにゅと揉みしだいていく。澪のねちっこい乳愛撫に千歳は息を乱し、甘い声を出しはじめた。

やがて乳嘴はサクランボみたいにぽってりと膨らみを見せ、それを澪はちゅぱちゅぱと吸いながら舌の上で転がした。

「誰にも見られないここで、二人して乱れたのよね。もう、隠さなくてもいいわよ」

澪は隣に座った姉の瑞々しい豊乳をしゃぶりたてながら、彼女をなじった。

「あふ、あふぅ……そんな、瑛斗さん。全部、話しちゃったの……」

「こんなところで、アオカンなんて信じられない。それも息子となんて……それがお姉ちゃんの本性なのね」

「だって、し、仕方がなかったの……自分が抑えられなくて……」

千歳の頬が興奮に赤く染まり、ときおり切なげな喘ぎが零れた。

「じゃあ、あたしもいっしょよ……お姉ちゃんの身体、結婚前よりも感じやすくなってるよね。耳まで真っ赤で、感じてるの丸わかり……」

澪は千歳のたわわな巨峰の感触をたっぷりと楽しみながら、ウエットスーツに手を差し入れて、姉の股間をまさぐった。

海水とは違う、粘度たっぷりの液で秘部は潤っていて、じゅぶじゅぶと淫靡な音をさせて指先にいやらしく絡んだ。

「あは、もう、こんなに濡らして。ビッチな千歳ママは、息子とここで乱れたことを思いだしちゃったのかしら？」

「み、澪……あ、あぁッ、やめなさい。変なところ、触らないで……あ、あひッ」

「やめないから。そこまで淫らなことをしておいて、瑛斗を突き放すだなんて、信じられない。今朝だって、お通夜みたいに沈んでたの見たでしょ？　あたしなら、瑛斗をあんなふうにしないわよ！」

澪は指を鉤爪《かぎづめ》のように曲げて、千歳の膣内の敏感な箇所を引っ掻きつづけた。

「やめて……指で引っ掻かれたら、気持ちよくなってしまう。あく、あくぅッ」

彼女は座ったまま、ビクビクと下腹部を小刻みに震わせ、身悶えしつづけた。

「瑛斗は渡さないからッ」

澪の責めの手はいっそう激しくなり、指先で膣内を弄びながら、クリトリスにも刺激を加えた。

「あひ、あひんッ、中だけじゃなくて、く、クリも……あふぅッ、クリは弱いから、だめ、だめぇッ……あ、ああ……ああーッ！」

「ほら、お姉ちゃん、イキなさいよ……あたしがイカせてあげるからッ」

蜜壺の中で中指を遊ばせながら、親指で秘果を包皮ごしに擦りたてた。千歳は軽く腰を浮かせて、恥部への刺激に感じて、あられもない姿を晒していた。

姉の痴態に澪は興奮し、彼女の秘鞘を剝いて、その秘核を親指先でぐりぐりと潰すように強く刺激した。

「そ、そんなッ。直に触られたら……んひ、んひッ……んはぁぁッ！」

ウエットスーツから零れた双球を激しく揺さぶって、千歳は愉悦の彼方《かなた》へ飛翔していく。

「い、いや、いやぁッ、澪にイカされひゃうッ！　あひぃぃぃーッ!!」

そうして白い喉元を大きく晒しつつ、洞窟いっぱいに響く声をあげて絶頂した。

「……あはぁ……澪に、妹にイカされちゃった……」

ぐったりとなった千歳は、澪のほうへもたれかかってきた。そんな彼女のスーツのファスナーをずり下ろして、腰まで脱がしてしまう。

澪は露出した姉の濡れ肌に唇を這わせて、身体中へキスマークをつけていく。赤い唇の痕が淫らに残った。

「あは、お姉ちゃんのイキ声、いやらしかったよ。男にそんな声出して、媚びてるんだ……」

「……もう、いいかげんにして」

「まだ、これからだよ……あたしにもお姉ちゃんのエッチな声、もっと聞かせてよ」

焦《こ》がれていた姉の生肌をまさぐる悦びに、澪の手指は震えていた。男の指先よりもねっとりと、そして激しく千歳の肌を蹂躙していく。

「あたし、お姉ちゃんのこと、ずっと好きだったのに。結婚しちゃって。ずるいよ……」

「……澪」

寂しそうな声を出した澪を、千歳はじっと見た。

「ごめんね……澪のこと、嫌いになったわけじゃなのよ」

「わかってる……あたしも大人だもの……」

子供みたいに澪が千歳へ抱きつくと、彼女も優しく抱き返してくれた。

「あたし、瑛斗のこと大好きだけど……お姉ちゃんも好き……」

千歳から目を逸らして、澪はそれだけ言う。

「わかってるわよ……」

「本当に？」

澪は自らのウエットスーツの胸元を大きくはだけると、形よく膨らんだ乳房の半球を晒して、そのまま千歳のそれへ押しつけた。

「もちろん、こういうことよね。あ、あふ……」

千歳は澪を優しく受け入れて、自らの乳房を澪へ擦りつけた。

隣りあって座ったままで、ウエットスーツ半脱ぎの美女が、生乳房を妖しく絡めあった。

「あ、お姉ちゃん……好き、好き……」

「私もよ。あん、澪、もっとお願い……」

乳塊同士がへしゃげ、絡みあって、淫靡に形を変えていく。

刺激された乳嘴が硬く尖って、それが擦れるたびに、目から火花が飛びでそうなほどの鋭い歓喜が二人を襲った。

「む、胸、いい、いいの……気持ちいい。あふ、あふぅ、お姉ちゃんも、もっと」

「仕方ないわね。あ、あ、あはぁぁ、胸、押しつけあって、先っぽの敏感なところがいっぱい擦れて感じすぎてッ、何も考えられなくなっちゃう……」

乳塊同士がぎゅむぎゅむと押しつけられて、鏡餅のように平べったくなったかと思うと、ゴムまりのように弾力溢れるボール状に一瞬で復元する。

そうして今度は、勃起した乳首でじゃれあうようなフェンシングがつづき、甘い喘ぎが洞窟内に交錯《こうさ》した。

「あ、お姉ちゃんッ、んい、んいッ……」

「ほら、もっと来てよ、澪。あふ、あふぅぅ……」

澪が乳房を引くと、千歳のほうから双乳を迫りださせて、乳頭をぐいぐい突いてきた。敏感な乳芯から胸全体へ快美が走り抜け、目の前が真っ白になった。

「んはッ、んは、お姉ちゃんの責め、すごい……あたしも負けないから」

持ち前の負けん気を出して、澪は乳峰を千歳へぐいぐいと押しつけて、再び爆乳同士の押しくら饅頭が始まった。

「あん、澪ったら、積極的……んふ、んふぅ……」

柔らかな乳房が甘い悦びとともに押し潰れて、妖しく絡んだ。互いの温もりや艶やかな肌触りが乳房を通じて交換される。

乳房を絡めあうことでしか味わえない、法悦の極みを二人は貪り求め、その女体を甘く蕩けさせた。

洞窟の薄闇の中で、露出した柔肌が桜色に染まり、はぁはぁと乱れた息遣いが混じった。世間から途絶《とぜつ》した秘密の場所で、二人は乙女同士の禁じられた快美に酔い痴れた。

澪も千歳も気持ちの高揚に瞳を潤ませながら、粘つくような視線を絡めあった。そのままねっとりとキスを交《か》わし、互いの唇から突きだした舌を絡めあった。

今度は千歳からも舌を巻きつけたり、唇の裏を舌先で突いたりと、積極的に澪を責めてきた。

「あ、お姉ちゃんのキス、やっぱりエッチ……あふぅ、もっとして……」

「もう、澪……さっきはあんなに積極的だったのに。受け身になっちゃって……」

舌粘膜が淫靡に擦れて唾液が混ざりあい、艶めかしい粘音が口腔を行き来した。

ちゅぱちゅぱと淫らなキス音が響き、澪は頭の芯まで蕩けさせられていた。

姉との淫らなキスは、高校時代の甘酸っぱい交わりを思いださせて、それが澪はいっそう激しく昂らせた。

「お姉ちゃんと、もっと気持ちよくなりたい……」

澪はスーツを脱ぐこともどかしく、自身の太腿をスーツ越しに千歳の股へ絡めた。そうして千歳のスーツの上から、彼女の秘部を自身のそれで刺激した。

「あ、そこは……あんッ……」

「お姉ちゃんも、ウエットスーツの下、とろとろになっちゃってるんだよね……わかっちゃうんだから」

スーツ越しに蕩けきった互いの秘華が押しつけられて、甘い悦びを交換しあった。

「こんな……み、澪、キスだけじゃないの……あ、ああ……」

「あたしを、いけない道へ最初に引きずりこんだのはお姉ちゃんよ。もっといっしょに感じさせて……」

「だって、も、もう昔の話よ……あふ、あふぅッ……ああんッ……」

千歳は言葉で抵抗しながらも、澪へスーツの濡れた股を激しく擦りつけてきていた。互いのウエットスーツの太腿がいやらしく絡んで、恥部が押しつけあわされた。

――あたしのクリ、大きくなってきてる……。

刺激された澪の秘芯は勃起して、鞘《さや》から顔を出しつつあった。

千歳も同じなのだろうと思うと、さらに気持ちが昂った。澪は欲情のままに腰を擦りつけあって、貝合わせの愉悦を貪った。スーツ越しでも濡れた秘所の具合はしっかりと伝わり、それが互いを甘く蕩けさせ、乙女同士の行為を加速させた。

「あふ、あふぅ、澪。お姉ちゃん、も、もうダメ……」

「あたしもよ。んうッ……気持ちよすぎて、訳わかんないし……」

ファスナーは一番下まで下ろされて、大きく開いたスーツの下からは、恥丘や濡れたヘアが露出していた。互いの秘貝は隠れていたものの、スーツ越しに幾度も押しつけあわされて、そのたびに泡立ちと粘度のある蜜が、スーツの外へ押しだされた。

蜜糸のブリッジが互いの秘部を繋いで、それがぐちゅぐちゅと擦りあわされた。開口部からは淫らな匂いが立ちのぼり、汗や海水の匂いと混ざって、独特の香気《こうき》を漂わせていた。

「もっと、もっとして澪……お姉ちゃんも、澪をよくしてあげるからぁ……」

「あはぁ、そうだよ……もっと気持ちよくしてあげるから。あは、ビッチなお姉ちゃん、たまらなくいやらしくて、好き……」

姉妹は吐息と悦びを交わし、見つめあいながら身も心も一つになって昇っていく。

ウエットスーツの下はラブジュースの洪水で溢れて、押しつけあった股から、汁気が滲みだしていた。

澪と千歳は股間を激しく密着させながら、乳房を絡めあい、互いの唇を貪った。愉悦のままに恥も外聞もなく、姉妹はメスの本能を剝きだしにして、獣欲の赴《おもむ》くままに乱れきった姿を晒すのだった。

「あ、ああッ、もう、い、イクぅ……お姉ちゃん、イッちゃううぅッ。妹の澪に、イカされひゃう……」

「くふッ、あたしも、お姉ちゃんにレズイキさせられるッ、んひ、んひッ……」

下腹部を溢れた蜜でどろどろにして、ぬちゅぬちゅと激しい粘水音を響かせながら、二人はウエットスーツの股間を擦りあわせて、溢れる歓喜を受けとめつづけた。

「あはぁッ、澪、いっしょにイキましょう。あ、ああッ、あはあぁーッ!!」

「うん、お姉ちゃん。あたしもッ、イグっ、イグぅぅッ、んっはあぁーッ!!」

澪と千歳は互いに抱きあって、柔らかな肌をぴったりと押しつけあいながら、法悦の極みに達した。

重ね合わせた艶肌の妖しい戦慄きから、互いの絶頂ぶりがすぐに伝わってきた。

——お姉ちゃんと、あたし、同時イキできてる。ああ、最高の気分。

互いにすべてを晒して愉悦に溶けあう快楽は、女の子同士でしかありえない悦びだ。澪は姉妹レズイキの末に膣口から、ぶしゅぶしゅと、はしたなく潮を噴いてしまっていた。

「あ、ああ、あそこからエッチなお汁が出て……女の子同士でよくなって……お潮噴いちゃった……」

「澪もなの……お姉ちゃんも、あひ、あひッ、お潮出ちゃって、あはぁッ……」

ぶるぶると下腹部を震わせながら、千歳のスーツの股間から液が染みだした。開口部からも、泡立った潮が溢れていた。

澪の露出した恥丘からも、同様に泡混じりの潮が盛りあがって零れた。

二人は半ば脱力したままで、砂地に寝転がりながらも、潮で濡れた股間を擦りあわせつづけた。

果てて敏感になった秘部は軽く触れあうだけで、次のアクメを連れてきてくれた。

「あ、あん、あんんッ、お姉ちゃん、また、い、イグぅうッ、ああーッ!」

「私も、また澪といっしょに、あ、あはぁぁーッ!!」

蜜汁の滲む股を押しつけあい、ぬちゅぬちゅと淫靡な音を響かせながら、連続的な絶頂の余韻に浸った。

「お姉ちゃん、またいっしょにイッちゃったね……気持ちよすぎて、頭真っ白……」

「あ、ああ……お姉ちゃんも、まだぼうっとしてて、何も考えられないのぉ……」

澪よりも千歳のほうのアクメが激しかったらしく、虚《うつ》ろな視線を洞窟の天井に投げかけていた。

アヘ顔で蕩けきった千歳の姿は美しくて、澪はまじまじと見てしまう。

——お姉ちゃんのアヘ姿、本当に綺麗。

ふと澪は、姉の痴態を記録に残すことを思い立った。すぐさま腰の防水ポーチからスマホを取りだすと、その淫らな姿を撮影した。

当の千歳は、撮られたことさえ気づいていないようだった。

そのままスマホをポーチにしまうと、澪は再び姉の柔肌に唇を這わせて、愛しさをこめてキスを繰り返した。千歳もそれに気づいたのか、澪を強く抱き寄せてきた。

澪は千歳の熟れた肢体を愛撫し、その温もりと柔らかさを心ゆくまで貪るのだった。

＊

海から上がった千歳と澪は、着替えて車に乗ると来た道を引き返した。

姉の千歳は普段どおりの雰囲気で、先ほどの行為などなかったかのようだ。澪はそのことに少し寂しさを覚えた。ただ彼女自身の身体の芯に残った熱っぽさだけが、淫らな交わりが白昼夢でないことを教えてくれていた。

澪は助手席で、何気なくスマホを操る。ふと先ほど撮った、千歳の淫らな姿が目に飛びこんできた。

薄闇にぼんやりと浮かぶ千歳の痴態は艶然としていて、妹の澪でさえ引きこまれそうな妖しい淫気が漂っていた。

──瑛斗に見せたら悔しがるだろうな。大好きな母親が、こんなにされちゃって。

瑛斗から千歳を寝取ってしまったみたいで、澪はうっすら罪悪感を感じてしまう。ただ同時にこの画像をうまく使えば、瑛斗に千歳のことを諦《あきら》めさせられるかもしれないと、黒いたくらみを巡らせてしまう。

昨日の夜は瑛斗に泣きつかれて、つい助け船を出してしまったが、瑛斗と千歳の二人が上手くいくということは、澪が瑛斗を失うということに他ならない。

それは、なんとしても阻止したかった。

──あたしのメール一本で、お姉ちゃんのことを諦めるなら、それまでよね。

澪は意を決して、瑛斗へ千歳の画像付メールを送った。

第六章　僕とママのラブラブ子作り

——このメール、澪ねえからだ。

添付されていたのは、千歳の乱れきったウエットスーツ姿だ。たわわな両乳を大胆に晒して、セックス直後の蕩けきった美貌を見せていた。

千歳の妖美な姿は瑛斗の瞼《まぶた》の裏に焼きついていて、決して忘れられない。

——これ、ついさっきのことだよね……。

澪からは、千歳とふざけあって淫らな行為に及んだことなどが綴《つづ》られていた。

『あたしとでも乱れるのに、瑛斗は拒絶されちゃったのよね？　もうお姉ちゃんのことは諦めたほうがいいんじゃない？　代わりにあたしが可愛がってあげるから』

そう、結ばれていた。

もう一度、瑛斗は静かな気持ちでメールを読み返し、千歳の痴態をまじまじと見た。

その淫らな艶姿は嘆息《たんそく》するほど麗しく、自然と股間に力の漲りを覚えてしまう。

同時に、千歳との甘い思い出が蘇ってきた。

――やっぱり、諦められない。ママのこと、諦められないよ。

その手には、昨夜千歳と繋いだ手の温もりがまだ残っていた。瑛斗と淫らな関係を拒絶したにもかかわらず、手は恋人のように握ったままだった。

千歳に普通の親子に戻りましょうと言われて、そのショックで思考停止していたが、考えるほどに千歳の本心がわからなくなっていた。義母の気持ちを、もう一度確かめたいとも思った。

――まだ、チャンスはあるよね、きっと。

待ちの姿勢で流されるままだと、何も状況は変わらないだろうことは容易に想像できた。だから義母にアタックする機会を、自分でなんとか作るつもりだった。

夕刻になると、海へ出かけていた千歳と澪も戻ってきた。

「千歳さん、澪ねえ、お帰り……」

「ただいま、瑛斗さん」

「海、よかったよ～。瑛斗も来ればよかったのに」

「いいよ。一回、千歳さんと行ったし……」

瑛斗からメールのことはあえて触れず、澪からも何もなかった。千歳がそっと近づいてくると、いつものように優しく身体を抱いてくれた。

「瑛斗さん、明日は島観光、いっしょに行きましょうね」

「あ、うん……ごめん……」

子供みたいに拗《す》ねてしまったことを、瑛斗は少し恥じた。

義母の甘く優しい香りが、瑛斗を包んでくれた。ただ、以前のように柔らかな乳房を、ぎゅっと押しつけてくることはない。

——ボクを、男として意識してる……。

いつもの溺愛ハグに、遠慮と警戒の色が混ざっていて、瑛斗はそのことを敏感に感じ取ってしまう。

千歳から、瑛斗と距離を取ろうとしていることは明らかだった。

一度は縮まった千歳との距離が、再び離れつつあることを寂しく思いながらも、瑛斗はその距離をまた縮めたい、義母を手に入れたいと強く思うのだった。

＊

翌朝。また二日酔いになった澪を宿に残して、瑛斗は千歳と二人きりで出かけた。

「え、瑛斗〜、あたしをハメたわね……うう、やられた……」

澪はソファでぐったりとなったまま、恨めしげに親子の外出を見送ってくれた。

「ねえ、ハメたって？　澪と何かあったの？」

「え、いや……なんでもないよ……」

瑛斗は千歳に聞かれて、奥歯に物の挟まったような答えかたをした。

昨日の夜、また澪が瑛斗に夜這いをしかけてきた。彼は必死で澪の誘惑に耐えて、宿で売っていた高級な泡盛を勧めた。

めったに飲めないお酒ということもあって、めずらしいもの好きの澪は杯を重ねた。

子供の頃の昔話に華が咲き、瑛斗にとっても楽しい時間だった。

普段ならば瑛斗が澪のお酒を止めて、度が過ぎないようにするのだが、彼はあえてそれをせずに、澪が一人で飲むままにさせた。

元々、それほどお酒に強くない澪はそのまま自滅し、今朝の惨状《さんじょう》に至《いた》ったのだった。

——ごめん、澪ねえ。でも、今日は千歳さんと二人になりたかったんだ。

心の中で澪に謝ると、千歳と二人で観光に出かけた。

宿からタクシーを頼んで、島南部にある鍾乳洞《しょうにゅうどう》、そしてすぐ近くのバンナ岳展望台と、島の自然が堪能できるスポットを巡った。

「きれいねえ。澪も来ればよかったのに、残念……」

展望台で涼しい風を感じながら、千歳が誰に言うともなく呟いた。

「そ、そうだね……」

少し心が痛んで、千歳から目を逸らした。

展望台からは石垣市街や港、そこからつづく雄大な海や付近の島々を一望できた。

晴れ渡る空と、青く澄んだ海。果てしない広がりを感じながら、石垣島に来てよかったと思った。

バンナ岳周辺は、自然公園になっていた。二人はあたりを散策してから、お昼頃には車で港近くの繁華街へ戻った。

千歳が一昨日に作ったシーサーを取りにいく間、瑛斗は別行動して用事を済ませた。

そうして、待ち合わせ場所のカフェに戻った。

「あれ……？」

オープンテラス席で座っていた千歳が、複数の男に取り囲まれていた。

「ち、千歳さん、どうしたの？」

慌てて走り寄ると、千歳へ声をかけた。

「あ、瑛斗さん……」

瑛斗を見て、千歳はほっとした表情をする。何やら面倒事を吹っかけられているみたいだ。

「どうしたの、いったい？」

「ほら、この人達、海にいた……」

千歳にそう囁かれて、目の前の男たちのことを思いだした。島に来た初日に、ビーチで瑛斗たちに絡んできた連中だ。

数はこの間と同じ三人。短い金髪の男が、前へ出てきた。

「また、お前か？ガキに用はねえよ。この可愛いお姉さんに、用があるんだからな」

男は瑛斗を無視して、千歳の手を強く摑んだ。

「や、やめてください……」

「子供のお守りするぐらいなら、俺たちと遊ぼうぜ。なあ、いいだろ」

そのまま男達は、千歳を強引に連れていこうとした。男たちは瑛斗よりも頭一つ大きくガラの悪そうな雰囲気で、しかも相手は三人だ。

恐怖で身体が竦《すく》みあがってしまう。

——うう、ボクがなんとかしなきゃ、千歳さん、連れていかれちゃうよ。

なんとか気持ちを奮い立たせ、千歳を摑んだ相手の手を、引きはがしにかかった。

「やめろ……千歳さんに手を出すなよ！」

自分でもびっくりするぐらいの、大きな声が出た。

「ん、なんだこいつ。やるのか？」

男は千歳から手を離すと、瑛斗と少し距離を取った。

千歳がいたカフェは、道路に面した場所にテーブルや日よけのパラソルが並んでいた。瑛斗と男たちは、すぐ前の道路で対峙《たいじ》した。千歳はショルダーバッグを肩にかけて立ちあがると、瑛斗の少し後ろに下がる。

瑛斗は彼女を後ろに庇《かば》う格好で、男たちと向きあった。

「引っこんでろ、ガキが！」

「ガキじゃない……ボクは、このヒトの恋人だ！」

瑛斗自身、喧嘩に自信があるほうではない。三人相手に勝てるとも思えなかった。

――ど、どうしよう……。

ちらりと千歳に目配《めくば》せすると、逃げましょうというふうな仕草で袖を引いてきた。

「……うん、わかった……」

言いながら目に入ったのは、脇に立っていた大きめのパラソルだ。柄《え》を握って少し引っ張ると、土台の重しがかすかにぐらついた。

――よし、動くぞ。

そのまま柄を両手で一気に引っ張って、パラソルを男たちのほうへ倒した。

「今だよ。千歳さん、先に逃げて！」

「な、このガキっ！」

「うわあああああぁッ!!」

パラソルが急に倒れてきて男たちが慌てている隙《すき》に、瑛斗は千歳の手を取って路地へと逃げた。

男たちはパラソルから這いでると、そのあとを追いかけてくる。

瑛斗は千歳といっしょに走って、路地を抜け広い道路に出た。そこでとっさに大声を出した。

「おまわりさ～ん、来てください！」

「こっちです！　痴漢に追われてるんです!!」

千歳も大きな声を出した。

周囲の目が、路地を駆けてきた男たちに向けられる。男たちは路地の半ばで、戸惑って足を止めた。

「け、警官がいるのか……」

「サツが来たらヤバいですよ。もう、引きあげませんか……」

「くそッ、あいつら！」

脇の男の言葉に、金髪の男は忌々《いまいま》しそうにこちらを睨んできた。

「……おい、行くぞ！」

金髪の男は他の二人を促すと、路地を引き返していった。

「よ、よかった……」

「本当……追いかけてきたら、大変だったわねえ」

千歳の言うとおりで、警官が近くに来ていたわけではない。路地から広い道路の様子が見えないことを逆手《さかて》にとって、瑛斗が機転《きてん》を利かせてとっさに叫んだのだ。

その芝居に千歳も乗ってくれた。男たちからすれば、まるですぐ近くまで警官が来ているように感じられたはずだ。

作戦は功《こう》を奏《そう》して、男たちは動揺の末に逃げ去ったのだった。

「瑛斗さん、助かったわ。ありがとう……」

人目も憚らず、千歳はぎゅっと瑛斗に抱きついてきた。

「本当、瑛斗さんに、ケガがなくてよかった……」

千歳の汗と脂粉の匂いが、鼻腔をくすぐってくる。薄布越しにも、しっとりと柔らかな肌の感触が伝わってきて、瑛斗の心音がトクンと鳴った。

何回もセックスした相手だったが、こうして抱き締められると、ドギマギしてしまう。その初々《ういうい》しい緊張感が、たまらなく心地よかった。

「だ、ダメだよ……こんなところで……それに、ボクとは仲よし親子でいるって。そう言ったの、千歳さんだよ……」

「そ、そうね……ご、ごめんなさい……」

千歳は急に瑛斗を意識したのか、抱き締めていた手をほどいた。そうして、真っ赤になったまま俯くのだった。

「あ、そういえば……シーサーはショルダーバックの中にあるんだよね。大丈夫？」

「ええ、ちゃんと包んでくれてるし……」

肩にかけたバッグの中を、千歳は確認する。

「うん、大丈夫みたい」

そうして千歳は、笑顔を見せるのだった。

＊

男たちから逃げるのに全力疾走《しっそう》したせいで、瑛斗と千歳は汗だくだった。ただ宿に帰るには、まだ早い時間だ。

「せっかくだし、少し泳いでから帰りましょうか？」

そんな千歳の提案もあって、汗を流すために近くのビーチで泳ぐことにした。

少し海で泳いでさっぱりしてから、瑛斗はビーチで休んでいた。そこにジュースを買った千歳が戻ってきた。

彼女はビキニブラに、パレオの水着姿で、遠目にもわかるほどのスタイルのよさだ。自分の義母ながら、瑛斗は見惚れてしまう。

千歳が持ってきたのは、巨大なプラカップに入ったハワイアンブルーのジュースで、パパイヤ、マンゴー、パインと盛られたフルーツ、そこに添えられた深紅のハイビスカスがあでやかだ。

瑛斗の分も頼んでいたはずだが、千歳の手には大きなジュースが一つだけだ。

「すごいでしょ！　トロピカルジュースのフルーツ超盛り。美味しそうで、つい買っちゃった」

「……それって、ボクの分も……」

「ストローは二つあるし、いっしょに飲みましょう。親子だし、おかしくないわよね……」

「普通の仲よし親子は、ジュースをシェアしないと思うけど……」

瑛斗がそう言うと、千歳は少しだけムッとした顔をする。

「じゃあ、私、一人で飲むわね。それでもいいのかしら？」

「それは……ボクも喉が渇いてるし。も、もらうよ……」

千歳と瑛斗は、ビニールシートの上に身体を寄せあって座った。

容器は瑛斗が持ち、千歳が上半身を彼のほうにもたせかけてくる格好で、互いにストローを口に含み、冷たいジュースで喉を潤した。

顔同士が近くて、瑛斗は彼女から視線を逸らした。代わりに目に飛びこんできたのは、ビキニブラに包まれた千歳の双球だ。

千歳がジュースを飲むたびに、ビキニに押しあげられた膨らみがかすかに上下し、艶めかしい震えを見せた。

胸乳の張りだしの強烈な存在感に、どうしても意識を惹きつけられてしまう。

「こうしていっしょに飲んでると、恋人みたいだよね……」

そうして気を紛《まぎ》らわそうと口にした言葉で、さらに妙なことを口走ってしまう。

「な、何、言い出すの！　親子ですよ、親子。いやらしいこと、考えちゃダメよ……」

千歳は頰を朱に染めながら、ちゅるるるとジュースを啜った。同時に千歳の身体が瑛斗の側へさらに寄り、たわわな双乳が肩にぎゅむぎゅむと押しつけられた。

——いやらしい身体を押しつけながら考えるなって、無茶苦茶だよな……でも、親子に戻りましょうって、ボクを拒絶したのは千歳さんだし……。

いつもの義母らしい無防備な態度から考えると、そこまでの意図《いと》はないのだろう。肌に直接当たる、ナマ乳のすべらかな感触にドキドキしながら、瑛斗はもう一方のストローを啜った。

すぐそばに義母の美貌が迫り、汗と潮の入り交じった甘酸っぱい香りが漂ってきた。彼女がジュースを啜るたびに、艶唇が細く窄められた。

そのふっくらした唇でフェラしてくれたり、甘いキスをしてくれたかと思うと、瑛斗は激しい昂りを覚えてしまう。熱い思いを抑えることはできず、思わず言葉となって溢れた。

「だ、ダメだよ。もう我慢できない！　千歳さんと、ふ、普通の親子だなんて、無理だよ……」

ジュースの容器を脇に置くと、瑛斗は隣に座った千歳をじっと見つめた。

「さっき、千歳さんを恋人って言ったのは、ボクの本音だよ。千歳さんは、大切なママで、大好きな恋人なんだ！」

はっきりと宣言されて、千歳は赤くなりながら視線を逸らした。

「こ、恋人だなんて……それは、もちろん、ああ言ってくれて、うれしかったし……瑛くんのことを、見直しちゃったけど……」

瑛斗は手荷物から小箱を取りだすと、千歳の前で開けてみせた。

「ママに、これを受け取ってほしいんだ……」

「この指環って、あのお店の……こんな高いものを……」

「バイトで貯《た》めたお金で買ったんだ。これがボクの本気だよ……好きなんだ、ママ」

「え、瑛くん……だけど、私たち、お、親子なのよ……」

一瞬、小箱に手を伸ばそうとしたが、千歳はその手を止めた。

「親子かどうかなんて、関係ないよ。もし、ママがボクを頼りないって言うんなら、ボクがママに見あう男になるまで待っててよ」

瑛斗は千歳の顔に手を添え、彼女の双眸《そうぼう》をじっと見つめた。千歳の潤んだ瞳は視線が定まらず、瑛斗から目線を逸らした。

「……ダメ、やっぱりダメよ。瑛くんにはこれからうんとたくさん、いいヒトが現れるわよ。歳が離れたママとじゃ、瑛くんは幸せになれないわよ……」

「ボクの幸せは、ボクが決める！　ママが決めることじゃないよ。ママはどうなの？　ボクとじゃ幸せになれないの……」

「私は……瑛くんから、こんなに思ってもらえて幸せよ、でも……」

「じゃあ、ボクの気持ち、もらってくれるよね？」

千歳はゆっくりと瑛斗を見た。濡れた瞳の深い色合いが艶めかしくて、そのまま引きこまれてしまいそうだ。

「私も、瑛くんが好き。私でよかったら……」

「本当に？　ありがとう、ママ！」

瑛斗は少し緊張しながら珊瑚の指輪を手に取ると、差しだされた義母の指に、そっと嗔めた。

「ありがとう、瑛くん……」

「ママ、大好きだよ……」

二人は強く抱きあうと、そのままシートの上へ横になった。

気持ちが通じあった興奮のままに、瑛斗と千歳は唇を貪りあい、互いの身体を愛撫した。

　瑛斗は海パン姿、千歳もビキニにパレオの水着姿で肌を重ねた。

　千歳の柔肌のすべらかな感触に瑛斗は高揚し、さらに彼女の裸身をまさぐった。千歳も彼に身体の隅々を触れられ、嬲られて、はぁはぁと息を乱れさせる。

すでに陽はゆっくりと沈みはじめていて、いつの間にか、夕焼けが海やビーチを茜色に染めていた。

二人は抱きあいながら、シートから砂地へ転がりでた。汗ばんだ絹肌に砂がかすかに貼りつき、千歳が上になった途端に、それがパラパラと瑛斗へ落ちかかった。

砂地に仰向けになった瑛斗へ、千歳はそのまま馬乗りになった。夕陽が千歳の身体を赤く照らして、その艶っぽさを際立たせていた。

「瑛くん……今日は、ま、ママが気持ちよくしてあげるわね……」

「う、うん……」

下から見あげる千歳の肢体は色っぽくて、高く張った双乳が、普段の何倍も大きく見えた。

千歳は腰紐の結び目をほどき、下半身を包んでいたパレオをさっと脱ぎ去った。露になった下腹部は、白地にブルーの花弁柄のビキニショーツで、ぴったりと包まれていた。

「ぱ、パレオを取っただけじゃない。じろじろ見て。恥ずかしいわ……」

「ママの太腿、むちむちしてて、すっごくエッチだよ。スタイルもいいし、ビキニもすごく似合ってる……」

「んふふ、ありがとう。つ、次は……」

夕焼けに照らされていてもわかるほど、千歳は顔を真っ赤にしながら、ビキニブラに手をかける。ぎゅうぎゅうに押し詰まった乳塊がぷるぷると震えて、解放の瞬間を待ちわびていた。

「ぶ、ブラも、取っちゃうんだ……？」

自分でブラを剝ぎ取るのとは違う、興奮と期待に包まれる。千歳の意思で自らブラを取り、生乳房を晒してくれる。その気持ちが、うれしかった。

「え、ええ……い、今から、取るわね……って、あ、あんッ、瑛くん、ママの胸をじろじろ見しすぎよ……は、恥ずかしい……」

そう言いながら内腿をもじもじと擦りつけて、傍目にも興奮しているのは明らかだ。

「だって、目が離せないよ……それにママも見られて、感じてるんだよね？耳まで真っ赤にして、高揚してるママ。すごく好き、大好きだよ……」

「もう、意地悪……ママは瑛くんを、そんな子に育てた覚えはありませんよ……」

はぁはぁと息を乱して、はち切れんばかりの双峰を上下させた。

「ぬ、脱ぐわよ……んんッ……」

千歳は羞恥に沸騰しそうになりながら、ブラをずり下ろす。砲弾型に突きでたナマの乳房が二つ、弾むようにまろびでた。

勢いで乳首がふるふると震えて、窮屈《きゅうくつ》なビキニブラからの解放を悦んでいるようだ。

日焼け止めを何度か塗っていても、南の島の強烈な日差しを完全には防ぎきれないようで、剝きだしの豊乳はくっきりと、ブラの形に日焼け痕がついていた。

乳首を中心としたブラの下は、抜けるような生白さを残していて、ほの青い血潮のめぐりが乳肌にうっすらと垣間見えた。

「ママのおっぱいだ……日焼け痕が、すっごくエッチで最高だよ」

瑛斗は両手で下から支えるように、千歳の爆乳をむにむにと揉み捏ねた。指先が乳奥へずぶずぶと心地よくめりこみ、手指の動きにあわせて乳房はいやらしく形を変えた。

露出した胸乳を視姦され、弄ばれることに千歳は感じて、悩ましげに眉根を歪めた。

「あん、あんんッ……もう、瑛くんたら、おっぱいばっかり。ママよりも、おっぱいがいいんじゃないの……あふ、あふぅぅ……」

「ママのおっぱいだから、いいんだよ。ねえ、もっと胸をこっちに寄せてよ……」

「いいわよ……赤ちゃんみたいに、ママのおっきなおっぱい、たくさん吸わせてあげるわね、んふふ」

千歳は柔らかな笑みを浮かべると、仰向けに寝た瑛斗の脇に寄りそう格好をして、頭を軽く抱きあげてくれる。

そうしてはち切れんばかりの膨乳を、口元にそっと二つ垂らした。

「どっちを吸ってもいいのよ……左、右、どっちのおっぱいがいいの？」

「それは、もちろん両方欲しいよ、んうッ……」

乳房の付け根に両手を添わせると、千歳が眼前に差しだした薄桃色の乳嘴を、わざとらしく音を立てながら交互に吸いたてた。

瑛斗の乳吸いの激しさでメスの性欲に火がついたのか、義母は顔をますます赤くして息を荒げた。

「ママ、おっぱい吸われて、エッチな気分になってるの？　そんなママを見てると、ボクも興奮してきちゃうよ……んちゅ、ちゅぱちゅぱッ、んちゅぱッ……」

瑛斗も千歳の様子に昂り、さらに乳房をバキュームする。そうしてなめらかな乳肌に顔を擦りつけて、沈みこむような豊かさを堪能した。

「あふ、あふぅ、んふぅぅ……おっぱい、す、吸ってる。瑛くんが、ママのおっぱいを一生懸命、ちゅぱ吸いしてくれてる……あはッ、あはぁぁ、どうしてかしら、すごくうれしい……」

千歳は切なげな声を出しつつ、さらなる授乳をせがむように乳房を瑛斗へ近づけた。押しつけられた双球の乳根から乳首へと、搾るように手を這わせ、むにゅむにゅと揉みしだく。

そうしていやらしい音を響かせながら、義母の勃起乳首をしゃぶりつづけた。ときおり唇を離すと、唾でコーティングされた乳輪が濡れ光って、そこから粘りの糸を引いた。

「ああ、ママのおっぱい、美味しい……もっと、いっぱい吸っちゃうよ。んちゅ、ちゅッ、んちゅぱッ……」

千歳の乳房を揉み捏ね、吸いたてるたびに、その甘い感触に身体の芯が溶けてしまいそうな恍惚を感じる。

そうして義母の乳脹を蹂躙することの背徳に、血潮が熱く滾った。

「んちゅ、んちゅぱッ……大人になった今のほうが、ママのおっぱいのよさがわかるよ……」

「んふぅ、そうなのね……じゃあ、ママのおっぱい、もっと召し上がれ。あふ、あふぅ」

自分の爆乳と戯《たわむ》れる瑛斗に、千歳はこれ以上ないほどの柔和な眼差しを向けてきた。

「はふ、はふぅぅ、瑛くんに、おっぱいをちゅぱちゅぱされてると、たまらなく優しい気分になっちゃうの……赤ちゃんを抱いてるときのママって、こんな感じなのかな？」

千歳は瑛斗の後頭部を乳袋の谷間に搔き抱いて、甘やかな脂肪の塊《かたまり》をぎゅっと彼の鼻先へ押しつけた。

顔全体が乳肌に埋められて、その温もりに耽溺しながら、瑛斗は乳芯を食《は》み吸いつづけた。

「あ、あんッ、あんんッ……さ、先っぽッ、瑛くんのお口で、ちゅばちゅば吸われて、いい、いいの、たまらなく感じるの……ほら、瑛くん、もっと吸って……ママをか、感じさせて、あふ、あふぅう、んっふぅう……」

瑛斗に優しく話しかけながら、その頭をさすってくれた。細い指先が瑛斗の髪を丁寧にとかした。そうして横顔や頭を、義母の手が包みこむように撫でていく。

「くふ、くふぅッ……あふんッ、瑛くん、赤ちゃんみたいに夢中で吸ってくれて、可愛い……せっかくおっぱい吸ってくれてるんだから、お、お乳が出たら、もっとよかったんだけど、ごめんなさいね……」

瑛斗は半ば朦朧としたまま、顔をあげた。吸われた乳首はぷっくりと膨れていて、いやらしい形になっていた。

「はふぅ、謝らなくていいよ、ママ……こうして抱っこされながら、お乳吸うのって、すごく興奮するね」

瑛斗は双乳の先を舌でれろれろと舐めて、唾液でねっとりとコーティングした。両の乳房を妖しく濡らした千歳の姿は、瑛斗をいっそう興奮させた。

「いくね、ママ……さっきまでは、ボクがたくさん癒やしてもらったから、今度はママがエッチに感じる番だよ……もう少し強く吸っちゃうからね」

そうして大きく口を開けて、乳暈を覆うように唇を押しつけると、ちゅぱちゅぱと淫靡な音を立てて、今まで以上に激しく乳頭を吸いたてた。

「え、強くって、そんな、あ……あひ、あひぃぃ、んいいッ、そんな強くされたら、んひッ、んひぃぃ……お外で瑛くんにお乳あげながら、気持ちよくなっひゃうッ！　強いのダメ、ダメぇッ、あ、ああ、あぁぁッ！　だ、だっ、ダメらのぉーッ!!」

瑛斗は口を離してもう一方の乳房を咥えこむと、そのまま千歳を責めたてるようにバキュームした。

「こっちも強く吸うよ……んちゅ、ちゅ、んぢゅッ、んぢゅるるるるッ!!」

「んはぁぁ、だ、ダメっれ言ってるのに……あ、あはぁぁ、授乳で感じすぎて、何も考えられなくなっひゃってるッ。瑛くんにおっぱいあげながら、いっぱい感じちゃうダメなママになっひゃうぅぅッ！　あ、あぁッ、ああーッ！」

千歳はふしだらに胸乳を上下に振り乱して、悶えつづけた。その双乳の震えから、彼女の昂りが直接伝わってきた。

「ママ、授乳でめちゃくちゃ感じまくって、んちゅ、ちゅぱッ、もうイッちゃいそうな感じだよね……アオカンで感じるママだから、お外で授乳するのも興奮しちゃうんだ？」

義母を嬲りながら瑛斗は昂り、海パンの中で勃起していた。テントを張った先端が、千歳の太腿にぐいぐいと押しつけられた。千歳のむっちりした大腿部の感触に、剛棒はより急角度にそり返った。

「も、もうッ、瑛くん……ま、ママをそんなに、変態みたいに言わないで……ママの可愛い赤ちゃんは、そんなふうにママに、意地悪を言ったりしませんよ。そんなに言うなら、瑛くんのオチ×チンも……」

千歳は瑛斗の屹立を器用に取りだした。

「あ、ママ……」

「ほら、シコシコって、お仕置きしちゃうわよ……」

義母の手指が柔らかく巻きつけられて、硬く張り詰めた雁首が撫であげられる。指の腹が張ったエラを甘く刺激して、吐精を促してきた。

「ん、んんッ、これがママのお仕置きなの……指先が絡んで、いい、すごくいいよ……でも、まだ射精するには足りないかな」

「もう、生意気、言って……ママは加減してあげてるのよ。本気出したら、瑛くんなんて、すぐにびゅっくんびゅっくんって、お射精しちゃうんだから……」

千歳は手コキを少し止めて、その指先を愛らしく一本立てて、めっという仕草をしてから、コツンと瑛斗の額を突いた。

瑛斗は差しだされた千歳の細指を口に含み、ちゅぱちゅぱと吸った。舌先につるりとした爪が当たった。

「あん、指までい、いやらしくおしゃぶりして、甘えん坊さんねえ……」

千歳は瑛斗の口からちゅぽんと指を引き抜くと、そのまま指先で輪っかを作って、怒張の手コキを再開した。

エラの張りだしが擦れて、カウパーが押しだされた。その滲み汁さえもローション代わりにして、屹立を追いこんでいった。

同時に、上生菓子のようなふわふわと柔らかな爆乳が瑛斗の眼前に晒されて、おっぱいをもっとしゃぶってとばかりに、甘い誘いをかけてくる。

度重なる乳房への刺激で、乳嘴は左右別の方向へピンと淫らに勃起していた。

「あ、あふぅ……ね、ねえ……ママもオチ×チンにお仕置きしてるんだから、え、瑛くんも、ママのおっぱいにお仕置きして……」

「う、うん。お仕置き、いっぱいしちゃうよ……んちゅッ、んちゅばッ」

硬く尖った乳首を唇で吸い、舌先で転がしてやる。

「あん、あんんッ、瑛くんのお仕置き、い、いい、気持ちいい……あふ、こんなエッチでいけないママをもっと叱って、あふ、あふぅ……」

昂った千歳はふっくらした乳饅頭を、瑛斗の顔へぎゅむぎゅむと強く押しつけてくる。乳肌のすべらかな感触と濃厚なミルクの香りは、瑛斗を甘く溶かして、その思考力を奪っていった。

瑛斗は夢中になって義母の乳房を貪り、授乳手コキの甘美な味を楽しんだ。

――ママの手も、おっぱいもたまらなくよくって、最高だよ。

身も心も蕩けさせられながら、瑛斗の腰は射精衝動の激しさに、ビクンビクンと痙攣する。

精嚢が引きあがって、子種が幹竿を内から押し拡げてるのがわかった。

「んふふ、瑛くんのオチ×ポ、ビッキビキにおっきして、もう出ちゃいそうね。いいのよ、ほらッ、ママのお手てでシコシコされながら、思いっきり、あまあま射精しちゃいなさいッ。ほらほらほらぁ、どぴゅどぴゅって、ザーメンお漏らし、気持ちいいわよぉ」

「んう、んううッ、だ、ダメだよ……ママ、そんなにしたら、うううッ」

迫《せま》る射精感に、瑛斗は切なげな声を漏らした。

同時に乳脂肪のプレスがむにむにと顔面を襲い、心地よい窒息感にうっとりとなってしまう。

羽布団のような柔らかさと、突きたての餅のようなしっとりとした弾力が、瑛斗の耐える気力を奪い、絡みつく義母の手指の蠢きが吐精をあと押しした。

「もう頑張らなくてもいいのよ、瑛くん。今はママにすべてを委ねて、ほらぁ、熱い精液が、オチ×ポの中を上がってきてるのよね。いっぱい出して、楽になりましょう」

「あ、うん、出して楽になりたい。あうう……んん、んちゅば、ちゅばッ……」

さらに千歳の双爆が押しつけられて、窒息しそうになっても、口に含んだ乳首を吸いたててしまう。

意識を薄れさせながらも、瑛斗は乳房を吸い、手コキを受けつづけた。

「あう、あうう……んん、んちゅッ、ちゅばッ……ママ、ママぁ……」

先走り液でぬるついた雁首が、千歳の手筒でぬちゅぬちゅとしごきたてられて、腰が無意識の内に軽く空を切った。

滾った精が竿胴の半ばまで迫りあがっては下りを繰り返す。もう射精まで、秒読み段階に突入していた。

「ほらぁ、い〜っぱい、出していいのよぉ。ママのおっぱいにたっぷり甘えながら、全身の力をすっかり抜いて、たくさんお射精しましょうねえ、それぇッ！」

義母のしなやかな五指に亀頭を絡めとられ、しごかれるたびに射精欲求が下腹部を襲う。敏感なエラを立てつづけに擦りたてられて、瑛斗はついに限界に達した。

「く、くうッ。もう、で、出るッ。ママの手に出すよッ、んっううう—ッ!!」

瑛斗は多量の灼熱を噴きあげながら、しゃぶりついた乳頭を甘噛みしてしまう。

「あひぃぃ、え、瑛くん、おっぱいの先は、ら、らめぇ、らっめぇえええぇ—ッ!!」

千歳は高らかな嬌声をあげながら、瑛斗と同時に胸イキしてしまうのだった。

「あ、ああ……あああ……ママ、イッてる、イクの止まらないぃぃ、あああッ……」

日焼け痕の艶めかしい生乳房を震わせて、千歳は乳房でイキつづけた。

「ママも、イッてるんだ……ボクも射精が止まらないよッ。あううう ッ！」

瑛斗は屹立を律動させて、千歳の手へ白濁を吐きだしつづけた。

精粘液は、義母の綺麗に手入れされた指先をどろどろに染めあげ、ほんのりと桜色の爪に白濁が絡んだ。そうして開いた指の間に、ねばっこく生糸を引いた。

噴きあがった精汁は千歳の上体にもかかって、乳房やその美貌さえ汚していく。

「……んう、んうう……瑛くんの精子、すっごい量出て。んふふ、ちゃんと気持ちよくなってくれたって証拠だよね……」

濃い栗の香りがあたりに立ちこめるなかで、千歳は顔に付いた白濁を指先で拭うと、ちゅるりと啜った。頬を朱に染めて、小さく息を吐く。

――ママ、なんてエッチなんだ。うく、うくぅッ！

瑛斗は白濁を溢れさせながら、義母の緩みきった美貌に魅せられていた。

＊

「あ、瑛くん……またおち×ちん、おっきさせて……」

千歳は盛大に射精したばかりの剛直が、すぐに充実しはじめたのを見て、驚きの声をあげた。

夕陽で赤く照らされた瑛斗の太幹に、強烈なオスを感じて生唾を飲んでしまう。

――すごい。出したばかりなのに、もう復活して。これが高校生の若さなのかしら。

息子の雄々しくそり返った逸物を、千歳はまじまじと見てしまう。

「あんまり見られると、恥ずかしいよ、ママ……」

「あ、ごめんなさい！　驚いて、つい。少しはしたなかったわね……」

身体を熱くさせながら、千歳は親しみをこめて屹立を撫でさすった。その手の中でさらに硬さを増す幹竿に、胸がドキドキしてしまう。

――大きい。これで何回も犯されたのね。

ただ二回とも、受け身でのセックスだ。自分から積極的にこの巨根を貪ったら、どんなに気持ちいいだろうか。そう思うと、秘穴がきゅうっと切なく締めつけられた。

ビキニの奥は熱く濡れていて、秘唇から蜜が溢れた。

「ママが欲しいんだ……いいよね？」

瑛斗は千歳の唇を奪い、そのまま押し倒そうとしてきた。

「あ、んん、んちゅッ、待って……今日は任せて。ママが上になるわね……」

「い、いいの……？」

「だって、いつも瑛斗くんに感じさせてもらってるから。今度はママにもさせて。んちゅ……」

瑛斗の唇を淫らに吸いたて返すと、千歳は彼を仰向けにして、その腰へ跨がった。

そのままビキニのクロッチをずらすと、眩しいほど白い鼠径部が覗いた。

秘部はねっとりと濡れた朱の内粘膜を晒して、ひくりひくりと淫靡に震えていた。

溢れた蜜でビキニショーツ内は濡れて、ふやけたヘアが黒光りしていた。そのまま千歳は腰を浮かせて、雁首の先に膣口をぬちゅりとあてがった。

「いくわよ、瑛くんのおち×ちん、頂くわね……あ、あふぅぅ……」

千歳は身体を固くしながら、剛直を膣内へ収めていく。高く張ったエラに秘筒の隘路がぐいぐい押し開かれて、その存在感に圧倒されそうだった。

——え、瑛くんのオチ×ポ、やっぱり大きくて、逞しい。まさか、この間より大きくなってたり……こ、高校生だもの。ありえるかもしれない……。

蜜壺を満たされる満悦に、千歳は大きく息を吐いた。硬さ、長さ、そしてそり返りともに、前回以上の充実ぶりを実感した。

「あ、あと少しで、んう、んううッ……」

腰をグラインドさせながら、雄槍を奥へと受けいれていく。

——私、ママなのに。瑛くんのお、オチ×ポをお外で咥えこんじゃってる……。

蜜孔の括れを雁先が押し開き、ずるるるると、雌壺の底まで一気に怒張がダイブしてきた。

「あッ、あはあああッ……はふ、はふぅぅ、瑛くんを全部、呑みこんじゃったぁ……」

瑛斗のお腹に手のひらを突きながら、千歳は剛棒を下腹部に収めた苦しさに、はぁはぁと息を乱した。

「じゃあ、瑛くん、動くわね……ママ、頑張るから」

千歳は顔を赤らめながらも、腰をゆっくりと上下させはじめた。

内粘膜の擦れ音が、ぬちゅぬちゅと響く。開ききった淫唇からは、溢れたジュースが瑛斗の下腹部を濡らして水たまりを作った。

「あ、ああ、あはぁッ、瑛くん、どうかしら？　ママで、気持ちよくなってくれてる？」

「な、なってるよ……ママが腰を動かすたびに、おま×こが絡みついてきて、ううッ、気を抜いたら、出しちゃいそうだよ……」

瑛斗の切迫《せっぱく》した表情から、感じている様子が手に取るようにわかった。

——瑛くん、気持ちよくなってくれてるの、うれしい。ママの中で、エッチなお汁を溢れさせてたりするのかしら……。

自分の膣内で、息子の分身がおねだり汁を溢れさせる様を思い、雌孔を妖しくヒクつかせてしまう。収縮した秘筒で剛棒をきゅっと締めつけると、瑛斗の口から呻きが零れた。

「瑛くん、ママでよくなってくれてるのね……も、もっと、ほら感じてッ、ん、んんッ！」

千歳は腰を上下だけでなく、前後左右に妖しく揺さぶって、膣全体で彼を愛した。姫孔がぐちゅぐちゅと掻き混ぜられて、下腹部が歓喜に蕩けていった。

「あ、ああ、ママも感じる……瑛くんのガチガチ勃起オチ×ポで、すっごく感じひゃう、あはッ、あはぁぁッ……」

雁首に膣奥を何度もノックされ、同時に張ったエラで、膣内の敏感な箇所が甘く擦りたてられた。千歳は義母の貞淑《ていしゅく》な顔をかなぐり捨てて、メスの性欲のままに、彼の上で淫らなロデオに興じてしまう。

「んう、んううッ……ねえ、ママと繋がってるところ、もっとよく見せてよ。腰を浮かせて、太腿をもっと開いて、ほら……」

瑛斗は身体を起こすと千歳の腰を抱きかかえ、その膣奥を責めながら、彼女の太腿を大きく開脚させた。

「え、こ、こうかしら……」

千歳は両腿を大胆に割り開いた、M字開脚スタイルで瑛斗の腰に跨がり直した。

「うん……そのまま腰を、いっぱい振ってよ」

「え、でも、この格好……ママ、恥ずかしいわ……」

「恥ずかしがるママを、見たいんだ。ほら……」

「……そんな、あ、あ、ああ」

瑛斗に促されるままに、彼の首の後ろへ手を回して、千歳は腰をねっとりと上下させはじめた。

じゅぷじゅぷと、粘着音が結合部で鳴り響く。クレヴァスの膣粘膜を覗かせながら、雁首を呑みこみ、吐きだしを繰り返した。

夕陽に濡れ光った幹竿が、粘音とともに抜き挿しされる様はあまりに淫靡で、千歳は羞恥に全身を灼《や》かれた。

——こんなエッチな格好で、それもお外で、瑛くんと繋がってるなんて。ああ、耐えられない……。

腰の動きを止めようとするものの、瑛斗の怒張が膣底を突きあげてきて激しく責めた。

「んひ、んひぃぃ、瑛くん……ママ、恥ずかしい。恥ずかしいのッ、あふぅぅ……」

「いやなら、やめればいいじゃない……ママが進んで、腰を振ってるんだよ」

「そ、そうなんだけど……もう、瑛くんの意地悪、意地悪ぅ……ママ、いっぱいめっ、しちゃうんだからッ！」

千歳が腰を勢いよく上下させるたびに、じゅぶじゅぶと媚肉がシェイクされて、熱く溶けた。

その凄まじい悦楽に引きずられて、自分では股割りピストンを止められないでいた。

――こんなふしだらな格好でアオカンして、感じるなんて……あぁッ、エッチな昂りが自分で抑えられない……。

腰を淫らに上下させせて、蜜壺をぐちゅ混ぜされる歓喜に、身悶えしてしまう。

「いや、いやぁぁッ、私、ママなのに……ビーチで、こんなはしたない格好で、瑛くんと繋がって。き、気持ちよくなっひゃうなんて、ありえない……な、なのにッ、あ、ああ、あぁッ、あはあぁーッ!!」

窄まった子宮口の環を雁先で突きあげられて、甘くほぐされるたびに、千歳は背すじを貫く愉悦に、叫びめいた喘ぎを発しつづけた。

顔から火が噴きだすかのような羞恥は、千歳の愉悦をさらに大きなものにした。恥ずかしさに感じ、感じたことがまた恥ずかしさを生む。

――いや、恥ずかしいのに、よ、よくって、やめられない。もっと瑛くんのオチ×ポが欲しい、欲しいのぉ……。

無限上昇する羞恥と歓喜に、千歳は瑛斗に跨がっての、淫らな開脚屈伸がやめられないでいた。

「セックス、やめないんだねママ……お外で、息子を相手にＭ字スクワットしちゃうなんて、最高すぎだよッ、んうッ……」

「い、言わないで……ママだって、こんな恥ずかしい格好で、せ、セックスするのが、たまらなく感じちゃうなんて、知らなかったの。あひ、あひぃ、あひぃんッ！」

千歳は瑛斗に口で嬲られ、剛直で貫かれて、羞恥に女体を妖しく震わせた。自分でも知らなかった悦びの扉を開かれて、その深みへ嵌《は》まりこんでいった。

――瑛くんの前でエッチなことするの、こんなに感じちゃうなんて、私、知らなかった。もっといっしょに、気持ちよくなりたい。

太腿を大きく開いて恥丘を突きだすような格好で、蕩けきった縦溝を瑛斗へ晒しながら、腰をくねらせて極太の幹竿を貪った。

「あふ、あふぅ……瑛くんのオチ×ポが、いやらしく出たり入ったり。ママ、ずっと育てた息子に犯されて、たまらなく感じひゃって、あはぁ……」

剛棒がクレヴァスを出入りする卑猥な様に、千歳の淫らな気持ちはますます熱く燃えあがる。ぐちゅぐちゅと淫口が掻き混ぜられて、ラブジュースがとめどなく溢れだした。

噎せかえる淫臭が立ちこめるなかで、悦楽に理性を溶かされきった千歳は、狂おしげに瑛斗を求めた。

「あ、ああ……瑛くん、淫らなママでごめんね。でも、我慢できないの。瑛くんもいっしょに、もっともっとッ、たっくさん気持ちよくなりましょう……」

千歳は下腹部を大きく迫りださせて、腰をねっとりと上下させた。瞳は妖しく潤み、性欲混じりに淫らな目で彼を見てしまう。

はぁはぁと熱い息を吐き、ゆるみきった口の端から、肉食獣のように涎が滴り落ちた。

「うん、ボクといっしょに気持ちよくなろう……ん、んんッ、ほら、ママの乱れきった姿をもっと見せてよ！」

瑛斗も千歳の腰遣いにあわせて、腰を跳ねあげてきた。切っ先が膣内の性感帯をずりりと擦りたてて、その甘い衝撃に目から火花がスパークした。

「あはッ、あはぁぁ、奥に当たって、すごいぃぃ、瑛くんのオチ×ポで、ママ、いっぱい感じさせられて、あはぁんッ！」

硬く尖った剛槍が、子宮口を割り開かんばかりに叩く。

次第に子宮の門はほぐれて、その柔らかい環を押し拡げ、先端がずぶりと子袋の内側へ潜った。

「ひ……ひぐぅ……瑛くんの硬いカリが、子宮にガンガン来てッ……あぐ、あぐぅ、あぐぅぅッ！」

「子宮で感じてるんだ！　ママ、そんなビッチだったんだ……」

「だって、瑛くんのオチ×ポが響いて、ああ仕方ないの……ママ、感じる、感じひゃうぅぅ……子宮でオチ×ポを感じるビッチにされひゃってるのぉッ、あんッ、あ、あ……ああーッ！」

膣底を連続的に責められて、火串で身体の芯を貫かれたかのような、激しい喜悦を覚えた。背すじを大きく反らして、痺れるような快美に耐えつづけた。

「もうイキそうみたいだね……ママ、ほら、イッてよ、そら、そらぁッ！」

瑛斗は腰を密着させて、子宮を揺さぶるように責めたててきた。紡錘形に生々しく迫りだした双乳を揉み、膨らんだ乳首を親指で潰すように捏ねまわした。

「んひ、んひぃ、胸も、いい、いいのぉ……ママ、瑛くんにいっぱい責められて、もう限界なの……あ、あはぁッ！」

子宮と乳房を同時に刺激されて、千歳は完全に美獣モードのスイッチが入ってしまう。全身に流しこまれる悦楽の奔流に、義母の恥じらいを完全に忘れて、身悶えしつづけた。

――瑛くんに、こんな恥ずかしい姿を見られて死にそう。だけど、それが感じてしまって、たまらなくよすぎてッ、自分で止められない。こんなビッチなママを許して……。

裸身から汗を噴きださせながら、息子の首にぶらさがって、結合部をわざと大きく晒しながら、腰を上下させた。

「瑛くん。見て、もっと見て……ママのいけないスクワット姿を、見てぇぇッ、あ、あぁッ、あはぁぁッ……」

「しっかり見てるよ！　ママの恥ずかしい姿、ボクずっと覚えてるからね……」

「ああ、そんなぁ……こんなビッチな姿を、瑛くんにずっと記憶されちゃうのね……あふ、あふぅぅ……」

瑛斗の嬲るような言葉に、羞恥が膨れあがり、全身で暴れ狂った。

ぶつかりあう股部から溢れた飛沫を跳ねさせて、息子の上で大股を開いたまま腰を上下させて快楽を貪りつづけた。

千歳は育ての母として築《きず》きあげてきたものをかなぐり捨てて、さらなる快楽の高みへと昇っていく。

瑛斗も腰を回すように揺さぶって、蜜壺をシェイクしてきた。

同時に胸乳への刺激も激しくされた。乳頭を根元から何度も引っ張っては、放すを繰り返される。

鋭い痛みが乳芯に走ったが、それさえも昂った千歳は、深い悦びとして受け取った。

「す、すごひぃ……瑛くんのオチ×ポで、子宮を揺さぶられながらッ、胸も気持ちよくさせられひゃってるッ、ひう、ひうッ、ひぐぅぅ……こ、これ、気持ちよすぎて、頭の中、真っ白になっひゃって、ひぎぃんッ……」

「そろそろ、い、イキそうだね……そらッ、これでママのイキ顔、見せてよッ！」

膣奥をズンと、激しい歓喜の衝撃が襲った。

硬い屹立の先が、子宮内へ沈んでいくのがわかった。子宮が妖しく疼き、甘美の渦が下腹部を呑みこんでいく。

「子宮の奥に、ずぶううっれぇ、ぶっといカリぃ、も、潜ってきて、お、おお……ッ……も、もうッ……」

「そらッ！　イッてよママ……ボクのオチ×ポで、天国にイカせてあげるッ!!」

瑛斗は子宮口を拡げた亀頭を勢いよく引き抜き、再度、子宮内をずぶりと剛棒で貫いた。

「……ひぎ、ひぎぎぃ……い、イク、イグっ、イグぅんぅッ、いはぁあああぁーッ!!」

凄まじい喜悦の奔流に、千歳は目を白黒させながら絶頂した。四肢をぶるぶると震わせながら、秘壺が淫らに収縮を繰り返し、瑛斗の吐精を促した。

「ま、ママの子宮に直接、出すよッ……うううううッ!!」

子宮を犯した太幹が妖しく拍動し、ドロドロの濃厚な子種汁を噴きあげた。

「くひ、くひぃぃ！　瑛くんに、お外でびゅくびゅくっれぇ、中出しされて……またぁ、い、イグぅッ、イグぅぅぅーッ、んっはぁあああぁッ!!」

熱い粘弾をゼロ距離で浴びせかけられて、その熱と快美に千歳は子宮で果ててしまう。ぐったりと脱力したまま、瑛斗にしがみつく。両の乳塊がへしゃげて、瑛斗の胸板にぎゅむぎゅむと押しつけられた。

千歳の双胸が大きく上下し、その乱れた息遣いが生々しく伝わってきた。

「まだ、だ、出すよッ！　んう、んううッ……」

「え、うそ……そ、そんな、あぁッ、今、連続イキして、おま×こが敏感になってるのにッ、ひあッ、ひああぁぁーッ!!」

そこに滾る白濁が注がれ、千歳は喉を晒しながら達してしまう。

――こ、これ以上出されたら、気持ちよくなりすぎて、ママ、おかしくなっちゃうのッ。

千歳は本能的な危機を感じて、腰を引こうとした。けれど、がっちりと瑛斗に腰を押さえこまれたままで、身動きできない。

そのまま拡張された子宮頸へ、剛棒が楔《くさび》のように何度も打ちつけられた。

「あぐ、あぐぅ、あぐぅんッ……こんなのッ、らめ、らめぇぇッ、気持ちよすぎて、ママっ、瑛くんから離れられなくなっひゃうッ、あ、ああッ、あっはぁーッ!!」

ズンズンと子宮が揺さぶられ、意識が飛んでしまいそうなほどの快感電流が、千歳の全身を巡って脳内で弾けた。

「ううッ、そらッ、また出すよッ!」

「いや、やぁ……それ以上、中に出されたら、す、するッ……妊娠しひゃうぅぅ……瑛くんの赤ちゃん、できちゃうッ……」

「ほらママ、妊娠してよ! ママにボクの子供を、産んでほしいんだ。んう、んううッ!!」

瑛斗は腰を密着させたまま、子宮内で怒張をビクビクと力強く脈動させる。熱々の白濁液が延々と撃ちだされて、びゅぐびゅぐと子宮へ直接種付けされた。

「んい、んいいッ、オチ×ポが震えるたびに、中に濃い精液をたくさん出されて……これ、すごい、すごいぃぃ……」

流しこまれた精汁で、子宮の内粘膜が乳白色に染めあげられていく。白濁で子宮が膨れて、下腹部が苦しいほどの張りを見せた。

──ああ、し、した。今ッ、妊娠してる。瑛くんの子供を受精しひゃってる。

高粘度の精子が、どびゅるどびゅると子宮に放たれる快感に身体を震わせながら、千歳は女の直感で妊娠を確信した。

「……あ……あえ、あえぇ……いっぱい、出されひゃって……お外で赤ちゃんができちゃったかも……あ……あはぁ……」

千歳は朦朧としながら、瑛斗の身体にぎゅっと抱きつき、種付けを受け入れた。孕んでしまった自分を想像して、身体が深い悦びに抱かれるのを感じていた。

──瑛くんとママの子供、生まれるのが楽しみ……。

絶頂の陶酔に浸りながら、千歳は大きく息を吐いた。

「まだ終わってないよ、ママ……そらッ！」

ビクりと子宮内のいきりが跳ねて、ドロドロの乳白液が再度撃ちこまれた。

「……あ……あぐ……あぐぅ……」

子袋は熱く震えて、千歳から低い呻きが零れた。

そうして四肢を引き攣らせて、美貌を艶めかしくアヘ蕩けさせながら、連続アクメをキメつづけた。

やがて夕陽は沈み、ビーチに夜の帳《とばり》が落ちはじめた。

その薄闇のなか、千歳は瑛斗に抱きついたままで、延々と種付けされつづけるのだった。

エピローグ

翌日の早朝。

瑛斗はプールでひと泳ぎしてから、プールサイドで一休みしていた。

——もう旅行も終わりかあ。長いようで、短かったたな。

楽しかった旅行が終わるのは、やっぱり寂しい。今日の午後の便で、石垣島を発《た》つ予定になっていた。

濡れた身体のまま、ビーチベッドにごろりとして空を見ていると、千歳の顔がぬっと顔を出した。

「あ、千歳さん……」

「二人きりのときは、ママでしょ……瑛くん」

千歳の唇が近づいてきて、瑛斗に押しつけられ、そのまま唇を奪われてしまう。義母のリップの、ぷるんと弾むような感触に引きずりこまれて、夢中でその甘い感触を貪った。

「んう、ママ……」

「瑛くん、ちゅッ、んちゅッ……はふぅ……」

うっとりとした心地で、ゆっくりと唇を離す。千歳とのキスは回数を重ねるほどに、甘く深い悦びをもたらした。

千歳は瑛斗の寝転んだビーチベッドに、そっと腰を下ろす。瑛斗といっしょに泳ぐつもりだったのか、すでにビキニを着用していた。

義母のビキニ姿は、熟成したフルーツのような濃厚な色香を匂いたたせていて、その禁断の味わいに、若い瑛斗は強烈に惹きつけられてしまう。

むっちりとした女体を締めつけるようにビキニが食いこみ、エロティックな熟れ肌を強調していた。

瑛斗は義母の芳醇《ほうじゅん》な艶肌に、吸い寄せられるようにして手を伸ばした。

「ママのお尻……こうしてみると、大きくてエッチだよね」

千歳の艶尻に手を這わせると、沈みこむような弾力を楽しんだ。そうしてビキニショーツを勢いよく引き上げた。

「あんッ、こら、いたずらはダメよ……あふ、あふぅぅ……」

「ごめん。でも、ママのお尻が魅力的で、やめられない……」

ビキニのクロッチが股にぐいいと食いこみ、そこからじわりと蜜が溢れる。

わずかに義母の尻が浮き、ショーツ生地の狭間への喰いこみとともに、白い焼け痕がちらりと覗いた。

「んう、もう、瑛くん。めっ、ですよ……」

妖しくヒップを揺さぶる千歳。揺れとともに、ナマの双臀が次第に露になった。そのまま瑛斗は指先をクロッチに這わせて、その秘溝にそって撫であげる。

「あ、あんッ、瑛くん……そ、そんなにされたら、ママ、またしたくなっちゃう……」

「じゃあ、しようよ……ボクもママのエッチな身体を見て、たまらなくなっちゃった」

昂った千歳と再び激しいキスを繰り返しながら、ビキニの股布をずらして膣口を露出させた。

恥部はすでに熱く蕩けて、指先でスリットを押し開くと、中から愛液が染みだした。

「ここだと、澪にわかっちゃう……け、けど、もう我慢できないし、あふ、あふぅ……」

千歳はすでに、性欲に支配されきっていた。瑛斗の身体をまさぐり、彼の愛撫を秘所へ受けるたびに下腹部を震わせた。

「じゃあ、プールで……」

瑛斗は千歳の手を引っ張り、プールへ入った。発情しきった義母は、瑛斗のなすがままだ。

「あ、ああ、瑛くん。お願い、して。もう耐えられないの……あは、あはぁ……」

じらされた千歳は、自らプールの縁《へり》に手を突いて、艶尻を瑛斗へ突きだす。淫らなおねだりスタイルに、瑛斗のいきりは激しく漲った。

ビキニショーツをぐいっと引っ張ると、恥部へ股布が深く食いこんで、花弁を包む膨らみが強調された。

「あん、引っ張られたら、く、クリが擦れて……あひ、あひぃ……あ、あくぅ……」

たわわな双尻は水面に半ば没しながらも、妖しい震えを見せた。千歳が感じてヒップを振りたてるたびに、水面が淫らに波打った。

「バックから、ママをもらうよ……」

瑛斗は猛りかえった剛棒を千歳の秘華にあてがうと、そのまま水中で義母を貫いた。

「あう、あううッ、瑛くんのぶっといのが入ってきて……ママの中、いっぱい拡げられて、ああ、すごい、すごいのぉ……あはぁぁ……」

千歳の蜜壺は瑛斗の挿入を欲するように蠢き、彼を最奥へいざなった。膣ヒダが屹立全体に絡み、その収縮が射精を強烈に促してきた。

「う、ううッ、ママの締めつけ、いいよ……入れられたばっかりなのに、出してほしくって、たまらないんだね……」

「だって、瑛くんのオチ×ポを入れられたら、ママ、愛しくって、うれしくって、いっぱい種付けされたくなっちゃうの。お、お願い、いっぱい動いて、ママを犯して。立派に成長した瑛くんを、たくさん感じたいの……」

「わかったよ……ボクもママで感じたいし、いくねッ！」

瑛斗は千歳の尻たぶをぎゅっと摑むと、屹立を抜き挿しした。水中で雄根が出入りして、溢れた蜜液がプールへ零れて、その水を白く濁らせた。

「あ、ああ、あははぁッ！　ママ、お外で、しかもプールで、セックスされひゃって。ああ、この解放感に、いけない感じがあわさって、たまらなく昂ってしまう。あん、あんッ、あんんッ、あはあぁぁッ！」

千歳は喘ぎ声をあげながら、尻を揺さぶって、瑛斗のピストンを受けとめる。プールの縁にかかった手はぎゅっと握られて、その表情に恍惚の色が浮かんでいた。

——千歳さんも、ボクとのセックスを楽しんでくれてる。ママを満足させられてるんだ、よかった。

瑛斗は千歳の乱れ姿に高揚にして、さらに激しく腰を打ちつけた。

「あはぁッ、瑛くんのオチ×ポが、おま×こに出たり入ったりして。こ、これぇ、いい、いいのぉ、たまらなく気持ちいいッ、あ、ああ、あーッ!!」

義母の嬌声が響くなかで、瑛斗は必死に怒張の抽送を加えた。

二人は互いに快楽を与え、貪りあうのに夢中で、近づく人影に気がつかなかった。

「ふ〜ん、出たり入ったりしてるんだ……」

「えっ？　み、澪ねえ……」

「あ、ああ……そんな……こんなときに……」

プールサイドから二人の性交を見下ろしていたのは、若叔母の澪だ。いつもの意地悪げな微笑《ほほえ》みが、今はいっそう黒いものに見えた。

千歳の蜜壺の奥深くへいきりを突きこんだまま、瑛斗は動けなくなった。

「声、部屋まで聞こえてたわよ、お姉ちゃん。そういうエッチなのは、めっ、なんじゃなかったっけ？」

わざとらしく千歳の真似をして、澪はねっとりと仕返しをしてきた。

「……そ、それを言われると、何も言い返せなくなっちゃう……あ、ああ……」

千歳は困った顔をしながらも、腰を水中で揺さぶって、いきりの抜き挿しを求めた。

「現行犯ってヤツよね……あたしらには注意しといて、お姉ちゃん、ちょっとギルティすぎよ。ね、瑛斗」

「あ、う、うん……」

どちらの味方についたほうがいいのかわからず、曖昧《あいまい》な返事をした。

「せっかくだし、あたしの見てる前でしちゃえば？　お姉ちゃんのアへったところ、興味あるし……」

「み、澪！　何を言うの、そんなこと、で、できるわけないでしょ……」

澪に目の前でセックスを要求されて昂ったのか、秘壺を淫らに収縮させた。

「う、ううッ、ご、ごめん、ママ……我慢できない」

その反応に瑛斗は耐えきれず、ピストンを再開した。水面を波打たせながら、腰を千歳の尻にぶつけて、その膣内の甘い刺激を堪能した。

「あ、あくぅ、だ、だめよ、瑛くん。澪に見られながらなんてッ……あ、ああ、あうぅッ……あああッ、あはあぁぁ……」

否定的な言葉を口にしながらも、千歳も瑛斗の責めに応えて尻たぶを振り乱した。結合部からは愛液が溢れて、水中へ広がっていく。

「も、もういいじゃない……澪ねえも、ママとボクがセックスしてること、知ってるんだし……」

「そんな、あ、ああ、澪は私の妹なのに。そんな妹の前で、瑛くんに犯されるなんて、あひ、あひぃ、あはぁんッ！」

瑛斗は膣の隘路を押し拡げるように、大きく腰を遣う。剛直の出入りのたびにプールの水が膣に入って、その冷たい感触に千歳の性感は刺激された。

「ママの中、いい、いいよッ……セックスのたびにほぐれて、絡みつきかたがぜんぜん違ってる。まるでボクのモノにあわせて、ママのおま×こが、変わってきてるみたいだ……」

「そ、そんな、澪が見てるのに……いやらしいこと、言わないで……あううッ……」

穂先が膣底を押しあげるように強く叩き、ケダモノみたいな喘ぎが漏れた。

「あは、お姉ちゃん、瑛斗のオチ×ポで感じさせられちゃって……母親の威厳《いげん》も形無《かたな》しね。でも、お堅《かた》いお姉ちゃんよりも、感じちゃってるお姉ちゃんのほうが好きかも……あんッ……」

瑛斗と千歳の交合を前に、澪も興奮してきたみたいで、自らの股へ手を這わせた。

「あふ、あふぅ……お姉ちゃんが喘ぐ格好見て、身体が熱くなってきちゃった……ほら、もっとエッチなとこ、見せてよ……」

Tシャツに短パンの、生美脚を露出したラフな格好のままで、澪は呼気を乱しながら自らの秘部を慰めた。

やがて短パンに手を突っこんで、自身のラヴィアを直接いじりはじめた
「澪まで、そんなエッチな真似を。あ、ああ、やめなさい……あぁッ……」

「ボクのオチ×ポを咥えこんだまま、そんなこと言っても説得力ないよ。澪ねえも、ママのいやらしい姿で、感じてくれてるよ……」

瑛斗は千歳を嬲りながら、剛直を何度も膣奥へねじこんだ。

「そんなこと、言わないで。んう、んうう……そんな意地悪なこと言うなら、い、いっぱいめっ、しちゃうんだからぁ、あぁぁッ！」

子宮まで揺さぶられて、千歳は背すじをのけ反らせて激しく悶えた。水中で尻の柔肉が波打ち、艶やかな背中が妖しく戦慄いた。

「んい、んいい、こんな……澪の前で、ママ感じひゃって……ひあ、ひああッ、い、イク、このままじゃイッてしまうッ、んはぁッ、んはあぁッ！」

「イッていいよ、ママ……澪ねえも、待ってるみたいだし、んぅッ！」

瑛斗が澪を見ると、指で股を切なそうにいじったまま、ゆっくりと近づいてきた。

そうして千歳の眼前で、腰から崩れてへたりこんでしまう。

熱っぽく潤んだ瞳を千歳へ向けて、顔をゆっくりとキスの距離へ近づけた。互いの乱れた呼気が、上気した顔を嬲りあった。

「お姉ちゃん、もうイキそうなんだ……あは、えっろい顔して、すっごくいいよ。あたしまで、こんなになっひゃってるし、んひ、んひぃぃ……」

澪が自身を慰めるたびに、秘濡れがちゅくちゅくと淫靡な音を立てた。蜜が内腿から滴って、プールサイドを濡らした。

「澪、あ、ああ、そんなエッチな姿、見せられたら、お姉ちゃんも、よ、よくなっちゃう、あ、あ、あん、あんんッ……あはぁぁ……」

顎を反らして喘ぐ千歳の唇を、目の前の澪が塞ぐと、性欲を剝きだしにした淫らなレズキスが始まった。濡れた舌が巻きつきあい、ぢゅぱぢゅぱと互いの粘膜が擦りあわされる。

そうして昂った千歳は、獣欲のままに尻を振りみだして、息子の剛直の快美を貪り喰らった。

「あひ、あひぃ、あひぃぃ……い、イグ、私、もうッ、澪といやらしいキスしながら、瑛くんのデカチ×ポ、い、イカされひゃうぅッ……」

「これで、イッてよ、ママっ……んううううッ!!」

瑛斗は怒張を義母の膣奥へ叩きこんだ。穂先が子宮口にずぶりと潜りこみ、子宮を揺さぶった。

「あッ、ああッ、あはぁんッ……し、子宮に瑛くんが来て、い、イグ、イグぅんッ……んあ、んああッ、んっあああぁーッ!!」

「んちゅ、ちゅッ、んちゅぅぅッ、お姉ちゃんのイキながらのキス、す、素敵……んあ、んああッ、あたしもッ、い、イクぅッ、いはぁああぁーッ!!」

千歳の絶頂にあわせるように、澪も昂りのまま愉悦の頂に達した。果てた義母の蜜壺は激しく蠕動して、瑛斗の精を引き抜きにかかった。精嚢が引きあがり、強烈な射精感に目の前が真っ白になった。

「ああ、ボクも、出すよッ……んうううッ!!」

雄叫びとともに、義母の膣奥へ劣情の塊《かたまり》を多量にぶちまけた。

「……あ、ああ……瑛くんのせーし、い、イキながら、出されひゃって……ママ、たまらなく幸せなのぉ、あはぁ、ああ……あふ、あふぅ……………」

「お姉ちゃんと、イキながらのアクメキス……気持ちよすぎて、あふ、あふぅ、またイキそう、あ、あぁッ……」

千歳と澪は蕩けきった表情のままキスを繰り返して、互いの甘い唾を交換する。じゅぱじゅぱと蜜液の泡立つ淫靡な音が響き、口の端からは飲みきれなかった蜜が零れて、顎から喉へ滴り落ちた。

──姉妹で濃厚なベロチューして……ママも澪ねえも、なんてエッチなんだ……。

義母と叔母の見せつけるような激しいキスに、さらに多量の白濁を追加で放出してしまう。結合部から逆流した精は、どろりとプールに溢れだした。

それでも千歳は腰を瑛斗に押しつけて、さらなる吐精をねだってきていた。

「ま、またッ、出すよ、ママっ！　んぅううぅッ!!」

プールの中で、義母の膣に三度も中出し射精をした。

「んい、んいい……ま、また出されて、あ、ああ……」

千歳は下腹部に乳白液の熱い滾りを覚えながら、陶酔した顔を見せた。

「ママ、まだ終わらないよ……んん、んぅッ！」

瑛斗は力を取り戻した剛棒で、再び蜜壺を掻き混ぜはじめた。内奥に溜まった精粘液をエラでじゅぶじゅぶと掻きだして激しくノックした。

「あひ、あひぃぃ、こ、これ以上はダメ……う、動けなくなっちゃうから……」

千歳は瑛斗から腰を引き、そのままプールの外へ這いでた。瑛斗もプールからいっしょに出ると、横たわった千歳のショーツをずり下ろした。

瑛斗の剛棒を咥えこんでいたせいか、膣口は大きく拡がって、内奥から白濁がドロりと溢れだした。

「ねえ、あたしも仲間に入れてよ……二人だけなんて、ズルいわよ」

そう声をかけてきた澪は、すでに産まれたままの姿で、そのしなやかな裸身を惜しげもなく晒した。

野生の獣のように、均整の取れた美しい肢体を見せつけながら、澪は瑛斗に媚びるように跪くと、そり返った怒張にそっと頬ずりした。

「み、澪ねえ、ああ……」

頬の柔らかな感触にいきりが反応し、大きさと硬さを増す。カウパーが鈴口から滲み、カリ先を淫らに濡れ光らせた。

「見てるだけなんて、イヤ。あたしにも、して……」

澪は瑛斗の近くで跪くと、その怒張にれろれろと舌を這わせはじめた。

千歳の膣内で放った精がまだ幹竿の首根に残っていて、それを澪は舌先で削るようにれろとほじって綺麗にしてくれた。

　まるで運動後の犬みたいに、呼吸をいやらしく乱す様が艶めかしくて、そのフェラ姿に見入ってしまう。

「んん、んれろぉ、れろろッ……何、見てるのよ、せっかく綺麗にしてあげてるのに。んじゅ、じゅるッ、んじゅるるッ……」

　舌を大きく突きだして、澪は一心不乱にお掃除フェラに没頭した。

「あふ、あふぅ、先っぽにもまだ、精液残ってるみたいね……んぢゅ、ぢゅるるッ」

　その脇に千歳も並ぶと、恥ずかしそうに舌を突きだしてフェラに参加した。

「あふ、瑛くん、私もお口でしてあげるッ、れろれろッ、んじゅるるッ」

「んん、んれろ、れろぉッ……はふぅ、お姉ちゃんもフェラチオなんてするんだ。知らなかった……」

　澪はフェラを少し止めて、千歳を見た。千歳は澪に負けまいと、涎が滴るのも構わずに舌を雁首に巻きつけて、その先端を舐めしゃぶり、鈴口に溢れたカウパーを啜り飲んだ。

　その積極的なフェラチオに、瑛斗や澪のほうが恥ずかしくなってきてしまう。

「ママのフェラチオって、濃くって、すごくエッチだよね……」

「本当、瑛斗の言うとおり……貞淑そうなお姉ちゃんが、ねっとりと息子のチ×ポを咥えるなんて、そばで見てるあたしのほうが、エッチな気分になってきちゃう……」

「そ、そんなこと言わないで……あふ、どういうのがいやらしいかなんて、ママにはわからないもの。んちゅ、ちゅばッ、んれろぉ……」

千歳のフェラに触発《しょくはつ》されて、澪も瑛斗の剛直に再び舌を這わせはじめた。

二人で舌を大きく突きだして、亀頭をしゃぶりあったり、千歳が雁首を咥えてディープスロートしている間、澪は屹立の根元を舐めしゃぶり、大きなふぐりを甘く啜って、この世のものとは思えぬ甘美をプレゼントしてくれた。

「あふ、あふぅ、瑛くん、オチ×ポがビクビク震えて……遠慮なく出していいのよ」

「そうよ、瑛斗、いっぱい出しちゃいなって。あたしの顔に思いきりかけても、怒らないからさ……んむぅッ、んちゅ、ちゅ、ちゅばちゅば、んちゅばッ！」

舌で裏筋を舐め擦られて、れろれろと張りだしを、舌先のざらつきで刺激されつづけた。

「ママと澪ねえのWフェラ、最高すぎだよ！　あ、あ、ああッ……で、出る、出ちゃうよ……も、もうッ、うおおーッ!!」

瑛斗はビクんと腰を跳ねさせて、白いマグマをびゅぐびゅぐと吐きだした。多量の白濁が複数回にわたって噴きあがり、千歳と澪の顔をべっとりと白く染めあげた。

「瑛くんの精液、顔にもかけられちゃったぁ……あふ、あふぅぅ……」

「瑛斗ったら、精液、出しすぎ。さっきもお姉ちゃんに出したばかりなのに、またこんなに出して。信じられない……あは、あはぁぁ、けど、せーしにいっぱい汚されて、たまらなくエッチな気分……」

千歳も澪も、乳粘液の噎せかえるような栗の香りに耽溺しながら、多量の精液を浴びつづけた。

そうして身体や顔にかかった精液を指先で拭うと、それをちゅるるると淫靡な音を立てて啜り飲んだ。

精の甘い匂いに肺を満たされ、酔い痴れた表情で二人は再び屹立に舌を這わせた。汁気たっぷりの舐め音をさせながら、剛直へ奉仕をつづけた。

出したばかりにもかかわらず、いきりは大きくなって、下腹を叩かんばかりに雄々しく勃起した。

「瑛くんのまた大きくなって、ああ、素敵……」

「瑛斗、今度はあたしたちにしてよ。ガチガチのデカチ×ポ、早く味わわせてよッ!」

千歳と澪は抱きあったままで、千歳が下、澪が上になって、プールサイドへ転がった。

それぞれの股が大きく開かれて、ぐっしょりと濡れた義母姉妹の蜜孔が、淫らに突きだされた。

恥じらいに妖しく震える千歳の雌孔も、積極的に液を溢れさせた澪の雌孔も、どちらも魅力的だ。

――ママの優しい熟女おま×こも、澪ねえのフレッシュなきつきつま×こも、どっちも捨てがたい。うう、どっちから入れようかな。

瑛斗は下腹を叩かんばかりに剛槍をそり返らせたまま、どちらに挿入するか迷ってしまう。硬く張り詰めた幹竿は、先走りをドプりと溢れさせた。

凶悪に濡れ光った怒張は、千歳と澪の期待を激しく煽った。

「瑛くん、最初はママよね？　十歳の頃から、こんなにビキビキの大人チ×ポになるまで、愛情たっぷりに育てたんですものね。お願い……瑛くんの極太チ×ポを、ママのいやらしいおま×こにちょうだいッ！」

「な、何言ってるのよ、お姉ちゃん！　それなら、小さな頃からいっしょに遊んであげたのは、このあたしだよね？　童貞と処女も交換したし、これからも、いつでもセックスさせたげる。だから、瑛斗のデカマラで、おま×こをめちゃくちゃにして。ああ、早く！」

二人はメスの本性を剝きだしにして、自身の指でラヴィアをくぱぁと押し開いて、汁気たっぷりの蜜孔を晒しながら、雄槍をねだって見せた。

下腹部を淫らに揺すりながら、発情したメス犬のような目で、じっと瑛斗を見つめた。

「じゃあ……最初におねだりした、ママから行くよ……んぅうッ」

瑛斗の剛棒をずぶぶと突きいれられて、仰向けになった千歳は甘い喘ぎを漏らした。

「あ、あんんッ、瑛くんにおま×こ全部満たされて、この感じがすごくいいのぉ……」

「お姉ちゃんばっかり、ずるい……あ、あふぅ……」

澪は物欲しげに、瑛斗と千歳が繋がる姿に熱い視線を注ぐ。そうして澪自身の指先で、膣口をちゅくちゅくと浅く搔き混ぜはじめた。

瑛斗は千歳に覆い被《かぶ》さった澪の淫らな自慰を、目の前で見せつけられる。漂う濃厚なメスの香りを感じながら、腰をゆっくり遣って千歳の蜜壺を堪能した。

幾度も果てて、すっかりほぐれた千歳の膣粘膜は淫靡に竿に絡んで、心地よく射精を促してきた。

「あひ、あひぃ、瑛くんのデカチ×ポで、奥までぐりぐりされてッ、ママ、また気持ちよくなっひゃうッ、んいいッ……」

「もう、お姉ちゃんとくっついてると、瑛斗のピストンが響いて、昂っちゃう……」

瑛斗が千歳の蜜割れを怒張で責めたてている間、澪も激しい自慰に耽っていて、同時に二人を犯しているような錯覚に襲われる。

「ママも、澪ねえも、最高にエロいよ……そら、そらッ！」

激しい興奮のままに瑛斗は千歳の膣底を激しく叩き、子宮まで揺さぶった。

「ひぐ、ひぐぅぅ、また瑛くんに、赤ちゃんのお部屋で感じさせられて、ひぎぃんッ……」

子宮責めの愉悦に目を大きく見開き、千歳はケダモノのような嬌声をあげた。

「瑛斗、あたしにもして！ お姉ちゃんみたいに、子宮まで感じさせてッ！」

「ああ、いいよッ……んんッ！」

瑛斗は千歳の秘筒から雄根を引き抜くと、そのピストンの勢いのまま、澪の姫孔を貫いた。

「あはぁぁ、瑛斗のデカマラ、き、来た……あはぁ、これよ、これぇ、ああーッ！」

一気に内奥まで満たされて、澪は尻たぶを震わせて軽く果てたみたいだった。そこに瑛斗は容赦なく抽送を加えた。

「んいぃッ！　瑛斗のオチ×ポで、おま×こぐちゅ混ぜされて、すごいぃッ！」

結合部から、ラブジュースが飛沫となって溢れた。激しい攪拌に蜜壷が裏返って、朱粘膜が露出した。

「今、軽くイッたばっかりなのに、瑛斗のセックス凄すぎて、あ、あぁッ、あーッ！　いっぱい瑛斗に出し入れされてぇ、奥までガン突きされてッ、覚える、覚えちゃうッ、あたしのおま×こ、瑛斗のチ×ポの形をしっかり覚えちゃう！　あはぁぁーッ!!」

澪の膣を絶頂寸前まで追いやってから、すぐに千歳の膣を掻き混ぜた。

「あはぁ、今度は私もなの、奥までズブってきて、ひぅ、ひぅッ、ひぅぅぅーッ！　ママも澪と同じッ、おま×こに、瑛くんのオチ×ポ型を教えこまれひゃうッ、け、形状記憶されて、元に戻らなくなっひゃうぅぅ、あお、あおお、あおおぉぉーッ!!」

そうして、千歳の絶頂寸前を見て、再び澪の膣を犯した。二人とも瑛斗の剛茎を突きこまれるたびに、嬉々《きき》として自ら腰を振るビッチへと堕《お》ちていた。

普段とのギャップがたまらなく艶美で、瑛斗は興奮のまま義母姉妹の膣を交互に楽しむ。睾丸が引き攣って、熱いマグマが竿胴の半ばまで上り下りを繰り返した。

澪の膣に挿入すると、つい先日まで処女だった雌肉が、若々しく締めつけてきた。

雁首を揉みこむように、膣ヒダが淫靡に絡んでくる。気まぐれで強引な締めこみは、澪の個性を強烈に感じさせた。

一方、千歳の膣は、熟れた女の優しさに満ちていて、怒張全体を温かく包みこみながら、膣奥の小部屋で、ぢゅるぢゅると精液を少しずつ吸引してきた。刺激は穏やかだが、気を抜くとそのまま果ててしまいそうな、蠱惑的な名器だ。

瑛斗は放精を我慢しながら、義母の千歳と若叔母の澪を交互に犯して、絡みつく雌孔の法悦に浸った。

——ずっと、こうしてたい。ママも、澪ねえも、どっちのおま×こも最高だよ。

射精寸前のピストンがもたらす喜悦に酔い痴れながら、千歳と澪を犯しつづけた。

「あ、あぐ、あぐぐぅッ、あたし、イク、イクっ！ 瑛斗にまた、イカされひゃぅぅ。あ、ああ、ああーッ、あと少しッ、少しでイク、イクぅうっ。お願い、お願いだからッ、イカせぇッ。最後までッ、抜かないでぇーッ！」

「あふ、あふぅッ、じゃあ、澪に譲《ゆず》るわ。お姉ちゃんは、あとで瑛くんを独り占めッ。ほらぁ、澪、イッちゃいなさい。ん、ちゅ、ちゅッ、んちゅばッ」

千歳は澪の唇を奪うと、激しくキスを繰り返した。

「そんな……お姉ちゃんに瑛斗を独り占めされるなんて、いやだけどッ……あッ、あッ、あんッ！　も、もうッ、だめ、だめぇぇ、らめぇぇーッ、イグぅぅ、もう一度、貫かれたら、い、イグ、イッひゃ……」
「じゃ、澪ねえからだね。そらッ！」

瑛斗は腰を軽く引いてから、勢いをつけて澪の秘壺の底を激しく叩いた。子宮が揺さぶられ、そのまま子宮口を押し拡げて、亀頭がずぶりと入った。

「あはぁッ、瑛斗にイカされひゃう。瑛斗の高校生チ×ポにイカされひゃうのぉ……あ、あ、あ、ああッ！　あはあぁぁーッ!!」

瑛斗のトドメの一撃に、澪は四肢をピンと張り詰めて、高らかな嬌声をあげて絶頂した。

「じゃあ、次はママだよッ！」

最大限にそり返ったいきりを、すぐに千歳の膣へ叩きこんだ。そのまま子宮口の秘環を突きあげて、幾度も刺激した。

「あ、ああッ、私も瑛くんに、イカされちゃうのね。あひ、あひんッ、あはぁッ！　また、子宮で、イグ、イグぅぅッ、高校生の息子に連続子宮イギぃぃ、されられひゃううぅッ、あッ、ああッ、あはあぁぁーッ!!」

子宮口を上手く外すように切っ先が突きこまれて、子宮が激しく歪み揺さぶられていく。雄槍の刺突《しとつ》のたびに千歳は裸身を跳ねさせて、妖しく身悶えしつづけた。

「あひ、あひぃぃ、瑛くんの赤ちゃんが、い、いるかもしれない、そのお部屋で、ママ、感じてッ、ああ、イク、イクぅ……」

「ああ、ボクも出そうだ……ママもこれで、イッてよッ!!」

瑛斗は剛槍を突きこみ、子宮まで一気に犯した。その甘い締めつけを亀頭に感じつつ、勢いよくそれを引き抜いた。

子宮がぐるんと一瞬、裏返りそうになり、快美が千歳の下腹部で強烈に弾けた。

「んいッ、んいいいッ! い、イグぅんッ! 瑛くん、それにお腹の赤ちゃん、こんないけないママで、ビッチママでごめんなさい……あ、あッ、やあッ、やはあああぁぁ……やっはああああぁぁぁーッ!!」

「ボクも出すよ……二人に平等に、ぶっかけしてあげるからねッ!!」

引き抜いた剛直をぶるぶると震わせて、滾る白濁を二人へ大きく放った。

びゅくびゅくと竿胴が大きく脈動して、乳粘液が千歳と澪の下腹部へ多量にぶっかけされた。

貴い丸みを帯びたヒップは精汁でべっとりと染まり、生白い鼠径部やむっちりと男を誘う内腿へも、容赦なく白濁の洗礼が浴びせかけられる。

「う、うう、まだ出すよ……んううッ！」

雄叫びとともに瑛斗は、二人に精の雨を降り注いだ。

「あ、も、もう……瑛斗、かけすぎよ。精液の匂い、取れなくなっちゃうじゃない……」

「あんッ、瑛くん。特別に濃いザーメンもっとかけてぇ……ママ、ずっと瑛くんと、瑛くんの匂いに包まれていたいの……あはぁぁ……」

瑛斗は力尽きるまで、溜まった子種を千歳に、そして澪に放ちつづけた。多量の雄汁をぶっかけされて、千歳と澪の下半身は精の海へ浸された。

千歳と澪は達したまま、ぐったりと女体を重ねあった。

だらしなく晒された姉妹のクレヴァスは、瑛斗の雄根の形を完全に覚えてしまっていて、ぽっかりと開いた秘口が二つ、妖しく並んでいた。

エクスタシーの余韻にヒクつく桜色の内粘膜が、瑛斗からもしっかりと見えた。

縦に並ぶ緩んだ姫孔から、おねだりのトロピカルジュースが、だらだらと垂れ流されるのだった。

＊

「瑛斗！　早くしないと。飛行機に遅れちゃうわよ！」

澪の悲鳴じみた叫びで全員飛び起きると、慌ただしく帰宅の準備をした。あれから部屋に戻った瑛斗ら三人は、ケダモノのようにベッドの上で交わった。そうして気を失うようにぐったりとしているうちに、飛行機の出発の時間が迫っていた。

「荷物はこれで大丈夫かしらねえ？　じゃあ、行きましょう」

「千歳さん、タクシー呼んだからね。もう少しで来てくれると思うよ」

瑛斗と千歳は、トランクを持って先に外へ出ていた。

「……忘れ物はないわよね」

澪は部屋の中を、念のために見てまわっていた。

すると千歳のベッドの枕元に、赤い素焼きの動物が二つ置かれていた。いかにも素人が作りましたという出来映《ば》えだ。

「何、これ……カバと犬……じゃないわよね……？」

そこで、ふと千歳が話をしていた、手作りのシーサーだと思い当たった。

「ねえ、お姉ちゃん。シーサー忘れてるよ！　あたしのトランクに入れるね！」

「ええ、お願い！」

外から聞こえてくる声を聞きながら、澪はトランクを開けた。

「なんか、シーサーの仲がよさそうで、悔しいわね……」

自分用のお土産で買った、朱塗りの派手なシーサーを取りだす。

「あたしだって、仲間外れはイヤだもんね！」

そうして澪は、自分のシーサーを二つの素焼き動物の間に割りこませるようにして置いた。

「ふふ、これでよしっと」

そのままベッドの上に半透明の緩衝材を拡げると、三つのシーサーを丁寧に包んで梱包し直した。

「澪、早くしないと、飛行機に間に合わなくなっちゃうわよぉ！」

「澪ねえ、早く、置いてっちゃうよ！」

千歳と瑛斗のせっつく声を聞きながら、時計をちらりと見る。

「待って、すぐ行くから！」

澪の思いといっしょに包んだシーサーをトランクに仕舞うと、足早に二人の待つ玄関へ向かった。

島から自宅に戻れば、また日常が始まる。

ただ、その日常は今までとは少し変わったものになるはずだ。そんな確信が澪にはあった。

――帰ったら、あの二人を巻きこんで、どんなエッチなことしようかな?

澪は白い八重歯をかすかに覗かせながら、淫らなたくらみに考えを巡らせていた。

彼女の引くトランクは路面の段差で揺れ、ガタガタと震えた。

その中で、三体のシーサーはぴったりとくっついたまま、仲睦まじく身を寄せあうのだった。

◎本作品の内容はフィクションであり、登場する個人名や団体名は実在のものとは一切関係ありません。

【熟義母《じゅくぎぼ》×若叔母《わかおば》】僕《ぼく》のリゾートハーレム《りぞーとはーれむ》

著者◉あすなゆう【あすな・ゆう】

発行◉マドンナ社
発売◉二見書房
東京都千代田区神田三崎町二-一八-一一
電話　〇三-三五一五-二三一一(代表)
郵便振替　〇〇一七〇-四-二六三九

印刷◉株式会社堀内印刷所　製本◉株式会社村上製本所　落丁・乱丁本はお取替えいたします。定価は、カバーに表示してあります。

ISBN978-4-576-20154-2◉Printed in Japan◉